Ferdinand von Saar

Tempesta

Trauerspiel in fünf Acten

Ferdinand von Saar

Tempesta
Trauerspiel in fünf Acten

ISBN/EAN: 9783744624329

Hergestellt in Europa, USA, Kanada, Australien, Japan

Cover: Foto ©Andreas Hilbeck / pixelio.de

Weitere Bücher finden Sie auf **www.hansebooks.com**

Tempesta.

Trauerspiel in fünf Acten

von

Ferdinand von Saar.

„Velle non discitur".
Seneca.

Heidelberg.
Verlag von Georg Weiß.
1881.

Tempesta.

Trauerspiel in fünf Acten

von

Ferdinand von Saar.

„Velle non discitur".
Seneca.

Heidelberg.
Verlag von Georg Weiß.
1881.

Bühnen gegenüber Manuscript, und behält sich der Verfasser sämmtliche Eigenthumsrechte vor.

Ihrer Durchlaucht

Fürstin Marie zu Hohenlohe

gewidmet.

Personen.

Graf Vitaliano Borromeo.
Der Maler Peter Molyn, genannt Tempesta.
Giovanna, seine Gattin.
Moro, ein alter Diener des Grafen.
Albani, Intendant.
Beppo, ein Fischer.
Erster \
Zweiter / Häscher des römischen Officiums.
Dienerschaft des Grafen.

Die Handlung spielt gegen Ende des siebenzehnten Jahrhunderts auf den Borromeischen Inseln im Lago maggiore. Und zwar bis zur zweiten Hälfte des fünften Actes auf der Isola madre; dann bis zum Schlusse auf der Isola be' pescatori.

Erster Act.

In der Casa Borromeo auf der Isola madre. Reich im Geschmack der Zeit ausgestattetes Arbeitszimmer des Grafen, mit der Fernsicht auf den See. Offener Eingang durch die Mitte; rechts und links Thüren.

Erste Scene.

Der Graf sitzt an einem Tische, der mit Papieren, Plänen und Zeichnungen bedeckt ist. Er erbricht und lies't flüchtig einige Briefe.

Graf.

Immer neue Anträge! Seltsames Volk diese Künstler und ihre Genossen. So bescheiden — und doch wieder voll Selbstüberschätzung. Nun, ich kann reichlich beschäftigen, und je mehr Arbeitskräfte ich gewinne, desto eher spiegelt sich die neue kleine Inselwelt, die ich schaffe, mit ganzer Pracht im See. (Aufstehend und sich einem Fenster nähernd.) Und doch! Zeigt mir nicht gerade dies die Blöße des eigenen Verdienstes um ein Werk, das schon mein armer Bruder Renato zum Nachruhm unseres Hauses begonnen? Wer vollführt es? Vitalian, der Borromäer? Nein.

Die schwieligste der Hände, die dort drüben den Spaten führt und Bausteine schleppt, thut mehr dazu als meine, die immer nur Gold — und Gold aus vollem Säckel langt.

Zweite Scene.

Moro durch die Mitte, mehrere Briefe in der Hand.

Graf.

Gut, daß Du kommst. Man soll die Barke bereit halten — ich will nach Baveno hinüberfahren. Man hat mir angezeigt, daß heute die letzte Marmorlieferung vor sich geht, und da muß ich denn doch dabei sein. — Schon wieder Briefe? Leg' sie nur einstweilen auf den Tisch. Ich weiß ohnehin, was sie enthalten, und werde sie später durchsehen. Was zögerst Du?

Moro.

Es ist einer darunter, den Ihr vielleicht doch —

Graf.

Versteh' ich Dich? (Mit heiterem Uebermuth.) Sieh', selbst den lese ich jetzt nicht; denn auch er sagt mir nichts Neues.

Moro (finster).

Ganz wohl. Aber ich meine gar nicht den Brief von der Marchesa, der allerdings mit eintraf. Es ist mir ja zur Genüge bekannt, daß er warten kann. (Einen größeren Brief hervorziehend.) Aber diesen — ein Courier hat ihn gebracht.

Graf.

Ein Courier? Gieb her. Das ist das Siegel der Regierung. (Nachdem er den Brief erbrochen und gelesen.) Ein höchst schmeichelhafter Antrag. Man erinnert sich meiner kriegerischen Verdienste von ehedem und bietet mir — vielmehr man bittet mich, die Stelle eines Generals im Heere anzunehmen, das sich abermals gegen Frankreich rüstet. Was meinst Du, Alter?

Moro (trotzig, aber beängstigt).

Was soll ich meinen —

Graf.

Nun, ob ich nicht wieder einmal das Schlachtroß besteigen soll. Ich bin letzter Zeit ohnehin stark eingerostet; eine kleine Bewegung im Kugelregen könnte mir nur zu Statten kommen. Und wer weiß, welche Lorbeern ich mir pflücke. Es wird diesmal heiß hergehen — und man könnte vielleicht noch als Sieger in Paris einziehen. Denke Dir nur: in Paris, wo ich vor Jahren eine so herrliche Zeit verlebt. Du warst damals schon, obgleich Dein Krauskopf noch im schönsten Schwarz glänzte, ein ganz unausstehlicher Sittenprediger.

Moro.

Es that noth.

Graf.

Das geb' ich zu. Ich trieb es ein wenig toll — am tollsten den Frauen gegenüber. Erinnerst Du Dich noch der köstlichen Abenteuer, die ich gleichzeitig mit der schönen Vicomtesse d'Albigny und der kleinen Würzkrämerin am Pont neuf hatte? — Ach, welche Erscheinungen gab es damals in Paris! Und was für ein Geschlecht mag jetzt wieder herangewachsen sein!

Moro.

Ja, Ihr könntet vielleicht gar noch etwas von Euerem eigenen Fleisch und Blut in die Arme bekommen. (Streng.) Aber Herr, Ihr werdet doch nicht im Ernst —

Graf.

Beruhige Dich nur. Es kommt mir nicht in den Sinn, den Antrag anzunehmen. Kriegerischer Ehrgeiz, das solltest Du doch wissen, ist meine Sache nicht mehr, und ich bin nicht eitel genug, um an die Hochschätzung meiner Feldherrntalente zu glauben. Es ist eine bloße Verbindlichkeit, die mir der Prinzregent erweisen wollte. Zudem kann es mir, da wir Mailänder nun einmal vom Schicksal bestimmt scheinen, unter fremder Oberhoheit zu stehen, ziemlich gleichgiltig sein, wer den Sieg davonträgt: Spanien oder Frankreich. Warum mich also gerade jetzt in die Welthändel mischen? Jetzt, wo ich die letzte kahle Felseninsel dieses Sees mit allen Reizen blühenden Lebens schmücke, um mir selbst ein kleines, friedliches Reich zu gründen, in welchem ich nach meiner Weise herrschen und Hof halten will. Und was die Frauen betrifft, so ist wohl keine würdiger, an meiner Seite zu thronen — als die Marchesa Naldi.

Moro (freudig).

Wirklich? Wirklich?

Graf (fortfahrend).

Die Marchesa Naldi, das königliche Weib mit dem stolzen Herzen und den dunklen Feueraugen; die Marchesa

Nalbi, der ganz Mailand zu Füßen liegt — oder besser
gesagt lag — und die sogar Dich, den grimmen Wärwolf,
derart bezaubert hat, daß Du mit Leib und Seele für sie
einstehst.
     M o r o.
Weil sie Euch liebt, wie Euch noch Keine geliebt.
     G r a f (nachdenklich).
Meinst Du? Nun, Du könntest allerdings Unter=
schiede herausgefunden haben. — Gieb mir jetzt ihren Brief.
Ich will ihn später drüben in den neuen Anlagen lesen, wo
man gestern prachtvolle cyprische Rosen gepflanzt hat. Ver=
giß nicht, in Deinem nächsten Berichte davon Erwähnung
zu thun; denn sie ist für derlei deutsame Nebenumstände
besonders empfänglich.
     M o r o (betroffen).
In meinem nächsten Bericht? Ihr werdet doch nicht
glauben —
     G r a f.
Ich glaube nichts: ich weiß, ich weiß — und möchte
gern einmal sehen, was Du mit Deinen steifen Fingern
Alles zusammen kanzelirst. Werde mir nicht roth, Alter.
Ich kann mir recht gut vorstellen, wie Du da hinein=
gerathen bist. Sie ließ Dich, eh' wir hieher zogen, zu sich
bescheiden. Mein Herzens=Moro, begann sie und ging Dir
mit der weißen Hand um den Bart, mein Herzens=Moro,
Du Perle unter den Dienern, es ist Dir gewiß bekannt,
daß Dein Herr kein Freund des Briefschreibens ist und sich
meistens sehr kurz und allgemein faßt. Aber gerade das
Einzelne, das Besondere zieht mich an, und in dieser

Hinsicht ist selbst jede Kleinigkeit für mich von höchstem Werth. Laß mich daher, ohne daß er es merkt, Alles und Jedes erfahren: was er thut, was er treibt, was er denkt. Und wache über ihn, wie ich es würde, wenn ich bei ihm wäre. Vor Allem aber nimm mir sein Herz in Acht. Denn er ist im Stande, sich auf seinen Inseln in eine Fischerstochter zu verlieben, wenn sie schöne Zähne und Schultern hat.

Moro (für sich).

Daß Dich! (Laut.) Ah pah! Was Euch nicht einfällt.

Graf.

Nun, nun lassen wir's. Und im Grunde genommen hat sie Recht. Darum Hochzeit gemacht — sobald mein zukünftiger Palast vollendet ist. Ich habe heute Morgen schon einige graue Haare an mir wahrgenommen, und durch meine Schuld soll das Haus Borromeo nicht Gefahr laufen, auszusterben — was Du nachgerade zu fürchten scheinst. Tröste Dich. Du wirst mit der Zeit ein paar rosige, pausbackige Geschöpfchen auf den Knieen schaukeln, die mir das Dasein verdanken — und so ganz unmöglich ist es nicht, daß Du noch meinen ersten Sohn auf seinen ersten Fahrten begleitest. Aber nun geh' und schaff' die Barke.

Moro (indem er die Hand des Grafen faßt und küßt).

Mein guter, guter Herr! (Ab.)

Graf.

Eine treue, eine vortreffliche Seele. Aber unbequem, höchst unbequem. So geht es. Man will sich von jedem Zwange dieser Welt frei bewahren — und geräth zuletzt

in Abhängigkeit von einem alten, eigenwilligen Diener.
Doch immer noch besser, als unter die Botmäßigkeit eines
herrischen, eifersüchtigen Weibes. (Auf und ab.) Sie liebt
mich, sagt er. Mag sein — in ihrer Weise. Aber eben
diese Art und Weise ist mir verhaßt; denn sie ist das
gerade Gegentheil von dem, was mich an den Frauen am
meisten entzückt. (Setzt sich; in Gedanken.) Seltsamer Wider=
spruch! Gleich beim ersten Anblick wollte mir die viel=
gerühmte Schönheit nicht gefallen; ich fühlte mich weit
eher abgestoßen, als angezogen. Und dennoch vergrößerte
ich den Kreis Derer, die sie umschwärmten. Und als ich
bemerkte, daß sie mich vor allen Anderen auszeichnete, er=
schrak ich. Damals hätte ich mich sofort zurückziehen, sofort
ein Ende machen sollen. Aber der günstige Augenblick
wurde versäumt — und nachdem der Herr Marchese so
unerwartet das Zeitliche gesegnet hatte, war ich verstrickt
— (aufspringend) unentrinnbar verstrickt. Denn wenn ich
auch rücksichtslos sein wollte; wenn ich das Gerede der
Welt, die Feindschaft der Sippe in die Schanze schlüge:
sie selbst, das fühl' ich, wird nie und nimmermehr nach=
geben. Dieses Weib ist mein Schicksal. — Sei es! Was
kann der Mensch Vernünftigeres thun, als in dem Unab=
wendbaren die Strafe seiner Sünden erblicken — und
schweigend dulden.

Dritte Scene.

Tempesta, in bestäubtem Anzug, Stoßdegen an der Seite, tritt rasch durch die Mitte ein und bleibt dann in einiger Entfernung von dem Grafen stehen. Seine Miene drückt Aufregung, seine Haltung Erschöpfung aus.

Graf (ihn erblickend, etwas befremdet).

Mein Herr —

Tempesta.

Verzeihung, Excellenz, daß ich unangemeldet hier eingetreten bin. Ich traf im Vorsaal keinen Diener und unbekannt —

Graf.

Schon zu viel der Entschuldigung. Man weiß, daß ich im Laufe des Vormittags für Jedermann zu sprechen bin. (Ihn mit Aufmerksamkeit betrachtend.) Was wünschen Sie? Bringen Sie mir irgend eine Nachricht?

Tempesta.

Das nicht. Ich habe nur von mir zu reden — das heißt, ich habe nur für mich zu bitten.

Graf.

Dann bitt' ich, reden Sie.

Tempesta (nach einer Pause).

Ich heiße Tempesta.

Graf.

Wie? Tempesta? Doch nicht der Maler — der Marinemaler Tempesta?

Tempesta.

Derselbe.

Graf.

Bei Gott, so hätte ich Sie mir nicht gedacht. Und doch! — Verzeihen Sie. Sie sind ein Holländer, und man macht sich von Männern des Nordens stets eine ganz besondere Vorstellung. S i e aber sehen aus, als wären Sie unter unserem südlichsten Himmel geboren.

Tempesta.

Italien ist mein zweites Vaterland.

Graf.

Das stolz ist, einen solchen Adoptivsohn zu besitzen — stolz, wie ich es bin, daß Sie mir, wie ich wohl annehmen darf, Ihr ausgezeichnetes Talent persönlich zur Verfügung stellen.

Tempesta.

Auch das — auch das. Doch was ich von Ihnen zu hoffen wage, ist mehr — weit mehr.

Graf (etwas betreten).

Sie sagen das in einem Tone, der mich fast befürchten läßt, daß Ihnen nicht zu helfen sein wird.

Tempesta.

Verzeihen Sie, Herr Graf, wenn ich nicht sogleich den rechten Ton treffe. Mir ist das Bitten nicht geläufig — denn ich bat noch nie.

Graf.

Das will ich Ihnen gerne glauben.

Tempesta.

Ja, ich gestehe, der Bitte Kunst ist schwer — fast noch schwerer, als jene des Gewährens.

Graf.

Nun allerdings, wenn Sie unmittelbare Regungen des Herzens als **Kunst** betrachten, dann dürfte es nicht leicht sein, den rechten Ton zu treffen. Doch wir gerathen da in ein Wortgefecht, Signor Tempesta. Wollen Sie mir unumwunden erklären, womit ich Ihnen dienen kann.

Tempesta (nach einigem Zögern).

Ich bin ein Flüchtling.

Graf.

Ein Flüchtling! Sie, den man in Rom bewunderte — der die Gunst des päpstlichen Hofes genoß?

Tempesta.

Ja wohl: genoß! Verflucht sei der Tag, an dem ich zum ersten Male aus meiner stillen Muße heraus die Prachtgemächer der Vornehmen, die gleißenden Marmorplatten des Vaticans betrat. Die Ehre, die dort dem Künstler zu Theil wird, schließt mit der Demüthigung des Menschen. Der Nepot eines mächtigen Cardinals hat mich beschimpft und ich — ich habe diesen Schimpf mit Blut gerächt.

Graf.

Das ist freilich schlimm — sehr schlimm.

Tempesta.

Noch schlimmer ist es, daß man mich auch als Ketzer verfolgt.

Graf.

Ich verstehe — Sie sind Protestant.

Tempesta.

Ich war es nie; wenigstens nicht mit Bewußtsein.

Meine Eltern, die das Schicksal nach Rom verschlagen hatte, sind mit mir, dem damals siebenjährigen Knaben, zur allein selig machenden Kirche übergetreten.

Graf.

Und dennoch —

Tempesta.

Dennoch; oder gerade deshalb. Man ist in Rom feig geworden und wollte meine That nicht allzu sehr verlauten lassen. Man zog es daher vor, mich bei meinem Renegatenthum zu fassen, indem man beim Inquisitionstribunal die Anklage erhob, ich hätte im Geheimen dem Glauben meiner Väter nachgelebt und Proselyten gemacht.

Graf (nachdenklich).

Ja, das mag zuweilen vorkommen. Aber Ihre Lage wird dadurch in der That äußerst bedenklich. Denn was auch die Ursache jenes Vorfalles gewesen sein mag — und ich will darnach nicht forschen —

Tempesta (verletzt auffahrend).

Herr Graf, ich glaube —

Graf (ohne darauf zu achten).

Was auch die Veranlassung gewesen sein mag: es ließe sich leichter darüber hinweggehen. Man könnte vermittelnd, versöhnend einzuwirken suchen. Aber Jemanden, der der Ketzerei angeklagt ist, ein Asyl zu gewähren — und das scheinen Sie von mir zu wünschen — ist, in Italien wenigstens, fast eine Unmöglichkeit.

Tempesta.

Sie gelten als ein Freund der Aufklärung, Excellenz; als ein Mann, der über Vorurtheile erhaben ist.

Graf.

Desto gefährlicher für Sie. Denn man wird sofort annehmen, daß Sie sich nach meinen Inseln gewendet, wo ich, wie allgemein bekannt ist, schon in nächster Zeit eine Anzahl von Künstlern zu beschäftigen gedenke. — Verfolgt man Sie?

Tempesta.

Man hat es gethan; doch in Toscana verlor sich meine Spur.

Graf.

Gleichviel. Rom hat einen langen Arm, und seine Augen wachsen überall aus dem Boden. Mißverstehen Sie mich nicht, wenn ich mir erlaube, Ihnen einen Rath zu ertheilen. Wie wär' es, wenn Sie die so nahe Schweiz zu erreichen suchten? In einem protestantischen Canton könnten Sie sich so ziemlich sicher fühlen. Wenn es Ihnen hiezu vielleicht an Mitteln gebräche, bin ich mit Freuden bereit —

Tempesta.

O ich danke für Ihre Großmuth, Excellenz. Aber ich kann sie nicht annehmen. Könnt' ich's — ich stünde nicht hier und würde Sie in keiner Weise belästigt haben. Denn was mich betrifft, so bin ich Mann genug, mich überall durchzuschlagen. Ja, ich wäre vielleicht gar nicht geflohen und hätte den Kampf mit dem heiligen Officium aufgenommen. (Mit unwillkürlicher Zurückhaltung.) Aber ich bin nicht allein.

Graf.

Wie?

Tempesta.

Meine Gattin theilt meine Flucht. Ein junges, zartes Geschöpf, mir erst seit Kurzem angetraut. Sie können sich ihren Zustand vorstellen. Die Gefahren, die Aufregungen — die Anstrengungen der Flucht! Wie soll ich das erschöpfte, verzweifelte Weib über die Alpen bringen — in ein rauhes, ungastliches Land. Sie wissen, was es für eine Italienerin — eine Römerin bedeutet, die Heimat zu verlassen. (Ausbrechend.) Wir können nicht weiter, Excellenz!

G r a f (überrascht; im Kampfe mit sich selbst).

Wenn dem so ist — o warum haben Sie das nicht gleich gesagt — dann, ja dann muß Ihnen allerdings Hilfe geboten werden. Wenigstens für den Augenblick. Es trifft sich insofern gut, daß es bei mir jetzt noch ganz einsam ist. Eine kurze Zeit können Sie und Ihre Gemahlin jedenfalls ausruhen — neue Kräfte sammeln. Inzwischen finden sich wohl auch Mittel und Wege zu einer bequemeren Flucht. — Aber wo ließen Sie die Signora?

Tempesta.

Sie harrt meiner im Kahne des Fährmanns, der uns von Pallanza herübergebracht.

Graf.

Dann eilen Sie — bringen Sie sie hieher —

T e m p e s t a (will rasch abgehen; besinnt sich jedoch).

Herr Graf! Ich habe mich Ihnen von einer Seite gezeigt, die mit meiner Bitte im Widerspruch steht — die mich falscher Beurtheilung aussetzen muß. Aber bedenken Sie: das Unglück hat etwas Verwirrendes; es macht uns mißtrauisch — und oft stolzer, als wir es sind. Sie haben mich durch den Zauber ächter Menschlichkeit besiegt, beschämt. Gestatten Sie, daß ich Ihnen danke — aus tiefster Seele danke.

Graf.

Noch nicht — nicht jetzt, ich bitte. Wer weiß, wie sich Alles gestaltet. Wir wollen den Tag nicht vor dem Abend loben. Doch nun gehen Sie — gehen Sie —
(Tempesta ab.)
(Nach einer Pause.) Seltsame, unerwartete Fügung! Es hat mich überrascht — fortgerissen.... Hätt' ich mich vielleicht wieder einmal übereilt? Der Mann hat in der That ein befremdliches Wesen — und wer weiß.... Pfui, kein Mißtrauen! Daß er sich an mich gewendet, bezeugt, daß er es auch ohne Scheu konnte. Und ruhig erwogen, was ist denn eigentlich an der Sache? Ich beherberge für einige Zeit den Maler Tempesta, von dem ich gar nicht zu wissen brauche, daß er mit der Kirche in Conflict gerathen. Aber Moro. Wie wird sich Moro dazu verhalten? Und da steh' ich wieder vor meiner ganzen jämmerlichen Abhängigkeit. Wenn die Frau nicht wäre, möcht' es noch hingehen; aber so.... Sie ist jung und wenn sie, wie man wohl annehmen darf, auch schön ist, so kennt seine Besorgniß keine Grenzen. Was sag' ich ihm nur? Die volle Wahrheit kann ich ihm nicht mittheilen, sonst schreit er sogleich Zeter. — Da ist er schon.

Vierte Scene.

Moro kommt.

Moro.

Die Barke wartet.

Graf.

Mag sie warten. Ich habe mit Dir zu reden. Wir werden Gäste bekommen.

Moro.

Gäste?

Graf.

Sahst Du den Herrn, der eben von mir ging?

Moro.

Den?

Graf.

Ein Maler — ein sehr ausgezeichneter Maler aus — aus Siena.

Moro.

So. Den hätte ich eher für einen Landstreicher gehalten. Ich wollte ihn schon zur Rede stellen.

Graf.

Daran hättest Du sehr übel gethan. Er befand sich mit seiner Gattin auf einer Reise nach Turin, wurde aber in der Romagna — Du weißt, wie unsicher es dort ist — von Wegelagerern überfallen und geplündert. Unter solchen Umständen beschloß er, sich einstweilen hieher zu wenden. Er ist mir in diesem Augenblick auch ganz willkommen; denn ich erwarte mir von ihm einige höchst nützliche Winke beim Ausbau meiner neuen Galerie. Er wird auch nur

ganz kurze Zeit verweilen — bis sich seine Frau ein wenig
erholt hat. Etwa eine Woche — oder zwei —
      Moro.
 Oder zwei. Und werden sie h i e r, ich meine hier bei
uns bleiben?
      Graf.
Allerdings.
      Moro.
 So. Warum schickt Ihr sie nicht nach Pallanza, wo
doch eigens Wohnungen für derlei Gäste vorgerichtet
wurden?
      Graf.
 Du irrst. Diese Wohnungen sind für Künstler unter=
geordneten Ranges — mehr für die Leute vom Handwerk
bestimmt. Hervorragende Männer haben auf meine per=
sönliche Gastfreundschaft Anspruch. Das wird auch künftig=
hin so gehalten werden.
      Moro.
 Und wird da Jeder seine Frau mitbringen?
      Graf.
 Welcher Gedanke! Es ist ein bloßer Zufall, der uns
nicht über Gebühr beschäftigen soll. Wir werden dem
Paar die äußersten Gemächer des linken Flügels ein=
räumen. Weißt Du, die Zimmer, in welchen einst mein
Bruder seine Malerwerkstätte aufgeschlagen hatte. Dort
sollen sie bleiben, bis sie sich zur Weiterreise in Verfassung
gesetzt haben. Die Frau des Gärtners mag für die Be=
dienung der Signora Sorge tragen. Und somit ist Alles
erledigt. Und höre, Moro: sei mir nicht unfreundlich mit

den Leuten. Ich weiß, die Sache geht Dir wider den Strich — aber thu's mir zu Liebe, Alter. Man soll nicht sagen können, daß man sich in meinem Hause übel befindet. Und nun gieb die nöthigen Befehle. Ich bin sogleich wieder hier. (Ab durch die Thür links.)

Moro.

Und nun gieb die nöthigen Befehle! Da hätten wir also schon den Anfang einer Zeit, die ich fürchte wie die Pest. Denn wenn es im Hause von solchem Volk wimmelt, dann wache der Satan über meinem Herrn. Aber was läßt sich thun? Die beiden Unglücksschwalben sind nun einmal da. (Hinter die Scene rufend.) He, Angelo! Checco! — (Während er durch die Mitte abgeht.) Die Schufte hören wieder nicht. (Die Bühne bleibt einen Augenblick leer; dann:)

Fünfte Scene.

Tempesta, einen Mantelsack in der Rechten, führt Giovanna herein, die sich auf ihn stützt.

Tempesta (umherblickend).

Niemand hier — — Setze Dich nur und athme auf. So, hieher.... (Er führt Giovanna zu einem Stuhl, auf welchen sie sich erschöpft und ängstlich niederläßt.) Blick' um Dich — welche Pracht, welche Herrlichkeit! Und doch so still, so weltabgeschieden — o hier können wir uns sicher fühlen.

Giovanna.

Meinst Du? Mein Herz zittert — es blendet und verwirrt mich Alles —

Tempesta.

Das wird anders werden, sobald Du ein wenig zur Ruhe gekommen bist. Fasse nur Muth. (Zärtlich um sie beschäftigt.)

Sechste Scene.

Moro kommt durch die Thür rechts zurück.

Moro (für sich).

Schon hier. (Mustert sie aus der Entfernung; dann Schritte.)

Tempesta (ihn erblickend).

Was ist? — Wo ist Seine Excellenz?

Moro.

Der Herr Graf wird wohl gleich erscheinen. Ich aber bin, so zu sagen, der Haushofmeister.

Tempesta.

Dann seid Ihr vielleicht auch schon in Kenntniß —

Moro (die Blicke finster auf Giovanna geheftet).

Ja wohl, das bin ich; Euere Zimmer werden eben in Bereitschaft gesetzt. (Zur sich.) Wie schön das Weib ist.

Tempesta (desgleichen).

Was gafft der Alte und murrt in den Bart. Mich dünkt, wir sind dem allergnädigsten Haushofmeister nicht sehr genehm. Hat man die Gunst des Herrn erbeten, so soll man die des Dieners erbetteln.

(Giovanna hat sich ängstlich erhoben.)

Siebente Scene.

Der **Graf**, rasch von links.

Graf.

Ah — ich komme zu spät. (Er bleibt beim Anblick Giovanna's, die sich befangen vor ihm verneigt, in stummer Ueberraschung stehen, faßt sich jedoch allsogleich.) Madonna, ich heiße Sie in meinem Hause willkommen — willkommen Sie Beide! (Zu Moro.) Ist vorgesorgt?

Moro.

Das Nöthigste dürfte in Ordnung sein.

Graf.

Nun also. — Was Sie jetzt vor allem Anderen bedürfen, ist Ruhe. Ich überlasse Sie daher für's Erste ganz sich selbst — und kann nur wünschen, daß Ihnen der Aufenthalt bei mir Glück und Segen bringe. — Moro, geleite meine Gäste.

(Während man sich gegenseitig verneigt und der Graf den nach rechts Abgehenden mit den Augen folgt, fällt der Vorhang.)

Ende des ersten Actes.

Zweiter Act.

Ein Cabinet des Grafen. Kurze Decoration. Eingang von der Seite. Hohe Fenster.

Erste Scene.

Der Graf nachlässig in einem Lehnstuhl, ein Buch in der Hand. Moro macht sich im Hintergrund zu schaffen.

Graf.

Was ist die Uhr, Moro?

Moro (ohne umzusehen).

Zehn Uhr.

Graf.

Erst zehn! Der lange Tag. Das ist die Folge wenn man so früh Nacht macht. — Wie ist das Wetter heute?

Moro (wie früher).

Recht schönes Wetter.

Graf (aufstehend).

Ja, das ist's. Ich sollte Zerstreuung haben. Dieses ewige Einerlei der Tage ist ein Gespinnst, in dem sich melancholische Gedanken wie Fliegen fangen. Ich muß wieder einmal nach Mailand — oder nach Genua.... Aber heute — schönes Wetter sagst Du? — heute könnte man — — Geh' doch zu Signor Tempesta hinüber. Ich lasse anfragen, ob es ihm genehm wäre, mit mir die andere Insel zu besichtigen. Es könnte dort ein Frühstück eingenommen werden. Die Dienerbarke mag mit dem Zelt und allem Sonstigen vorausfahren. Auch kannst Du Signor Tempesta sagen, daß — falls es seiner Gemahlin Vergnügen machen sollte —

Moro
(stellt einen Gegenstand geräuschvoll nieder).

Graf.
Nun, hörst Du nicht?

Moro (nach vorne kommend).
Ich höre wohl; aber ich thu' es nicht.

Graf.
Was soll das heißen?

Moro.
Daß ich keinen Kuppler abgebe.

Graf.
Welche Sprache!

Moro.
Die Sprache des empörten Herzens; ich wär' ein Schuft, wenn ich länger schwiege. Ihr seid in das Weib des Malers verliebt.

Graf.
Was läßt Dich so denken?

Moro.

Ihr, Herr, und meine fünf Sinne. Ich kenn' Euch zu gut, und Ihr selbst müßt gestehen, daß Ihr Euch, seit die Beiden hier sind, ganz und gar verändert habt. Sagt, flossen Euch früher die Stunden nicht wie Minuten hin, die Euere vergnügte Thätigkeit zu zählen vergaß? Kam ich: die Tafel wartet, Herr — da rieft Ihr: was? schon Essenszeit? Mich dünkt, ich hätte mich eben an die Arbeit gesetzt. Und nun fragt Ihr am frühen Morgen schon, ob es nicht bald Abend sei, und schleppt Euch ohne Appetit und Schlaf von Bett zu Tisch, von Tisch zu Bett. Und heute treibt es Euch schon, den ersten Schritt zu thun. Kurz: Ihr wollt wieder das alte Spiel spielen. Aber nehmt Euch in Acht. Ihr findet da keinen Ehemann wie den gichtbrüchigen Vicomte d'Albigny — oder den kalbs=äugigen Krämer vom Pont neuf.

Graf.

Du willst mich schrecken?

Moro.

Fiele mir ein. Weiß ich doch, daß Ihr stets bereit wart, jedem Hahnrei mit einer Degenlänge noch den Rest zu geben. Und — Gott verzeih' mir die Sünde — ich würde um diesen Signor Tempesta eben keine Trauerkleider anlegen. Ich wollt' Euch nur bedeuten, daß er nicht blind sein wird — und was wollt Ihr dann mit der armen Frau beginnen? (Da der Graf schweigt.) Seht Ihr, Ihr könnt nichts erwiedern. Nun, vielleicht meint Ihr, sie soll zusehen, wie sie allein fertig wird. Eine Sache, um die Ihr Euch in ähnlichen Fällen stets verteufelt wenig gekümmert habt.

Graf.
Moro!

Moro.
Nun was? Euer Gewissen giebt mir Recht. Kann sein, daß Ihr auch im Allgemeinen nicht nöthig hattet, Euch viele Sorgen zu machen. D i e aber scheint mir ein besseres Schicksal zu verdienen. Und deßhalb müßt Ihr von ihr abstehen, wenn es Euch auch nicht allzu schwer werden dürfte, Euer Ziel zu erreichen.

Graf.
Wie kannst Du so reden.

Moro.
Ich rede wie ich denke. Es soll damit nichts Schlimmes von ihr gesagt sein. Ich weiß nur, daß alle Weiber, die hochmüthige Schlucker zu Männern haben, sehr bald einen Unterschied gewahr werden, sie mögen wollen oder nicht.

Graf.
Mäßige Dich in Deinen Ausdrücken. Der Gatte dieser Frau ist ein ebenso berühmter, wie gesuchter Künstler.

Moro.
Gesucht! Habt Ihr ihn vielleicht gesucht? Er kam Euch von selbst in's Haus gelaufen. Denn die Geschichte von dem Ueberfall in der Romagna ist ein Märchen, das Ihr wohl selbst nicht glaubt.

Graf.
Du thust dem Manne sehr Unrecht.

Moro.
Ah pah! Ich kenne das. Diese Leute nisten sich ein, lassen sich dick füttern und meinen Wunder was gethan zu

haben, wenn sie beim Abschied ohne Gott vergelt's ein Stück beflecktste Leinwand oder eine thönerne Fratze zurücklassen. Und in dieser Hinsicht scheint der da drüben einer der Aergsten zu sein. Nennt mich einen Schelm, wenn er nicht glaubt, er hätte Euch eine Gnade erwiesen, daß er sich hier aufnehmen ließ. War er doch schon bei seiner Ankunft so hochfahrend gegen mich, als wär' er Herr und Gebieter. Die arme Frau wird von seinen Lannen genug auszustehen haben. Man sah es auch gleich, daß sie nicht glücklich ist.

Graf.

Das mag seine besonderen Gründe haben.

Moro.

Als ob es da noch besondere Gründe nöthig hätte! Ihr aber dürft sie nicht noch unglücklicher machen. Denn übel in der Ehe gelebt, ist immer noch besser, als in sündhaftem Taumel geschwelgt. Früher oder später, so oder so rächt es sich, und wenn Eine nicht ganz ohne Gewissen auf die Welt kam, ist ein Dasein voll Reue und Jammer der Rest. — Und wer weiß, wie die Dinge noch für Euch selbst ausschlagen könnten. (Da der Graf schweigend vor sich hinblickt, tritt er näher, ehrerbietig zutraulich.) Seht, Alles hat seine Zeit. In der Jugend mag man ohne weiteres zulangen. Denn was auch daraus entsteht: es giebt doch nur ein Netz wie aus dünner Seide. Man dehnt und reckt sich ein wenig — und es flattert zerrissen in den Lüften. Aber mit den Jahren nimmt das Gefühl der Verantwortlichkeit zu. Und wenn man da eine Unbesonnenheit begeht, legen sich Einem die Folgen immer dichter, immer fester um den

Leib — und zuletzt sind es Schiffstaue, die man nur zerhauen kann, wenn man sich selbst mitten durchschlägt. (Mit gesänftigter Stimme; warm, eindringlich.) Im Grunde genommen, konnte man Euch niemals so ganz Schlimmes vorwerfen; denn schnöde Absichtlichkeit lag Euch stets fern. Euer bewegliches Herz, Euer heißes Blut rissen Euch fort — und in allem Uebrigen seid Ihr stets untadelhaft gewesen, wie kaum Einer. (Ausbrechend.) Aber lernt einmal, Euch selbst beherrschen! (Wieder mild.) Und gerade jetzt thut es noth. Bedenkt Euere nächsten Absichten — Euere Verpflichtungen, und es wird Euch klar werden, wie Ihr zu handeln habt. Es ist auch ganz einfach. Ihr braucht nur den Maler fortzuschicken. Gebt ihm Geld, gebt ihm Empfehlungen — und dann soll er sich anderswo suchen lassen. (Ganz nahe heran.) Aber je eher, je besser. Ihr dürft Euere Vorsätze nicht allzulang auf die Probe stellen. Also schickt die Beiden fort — (Bewegt, bittend.) Nicht wahr? Ihr schickt sie fort! (Rasch ab.)

G r a f (nach einer Pause).

Er hat Recht — er hat Recht. Und doch — ist es denn schon so weit, daß man sieht, daß man mit Händen greifen kann, was ich in meinem Herzen als wesenlosen Keim zu ersticken bemüht bin? Nein — nein — noch nicht; aber, bei Gott, es könnte dahin kommen! (Auf und ab.) Was soll ich thun? Sie fortschicken — jetzt, wo sie kaum den Fuß hieher gesetzt, kaum aufgeathmet haben? O das wäre ebenso feig, wie es selbstsüchtig und grausam wäre. (Pause.) Sollte ich wirklich nicht im Stande sein, mich selbst zu beherrschen? M u ß ich dem Zauber dieses

Weibes erliegen, das ich ja nicht zu sehen, nicht zu
beachten brauche, wenn ich nicht will? Nicht will! Als
ob es davon abhinge? Seit sie vor mir stand in ihrer
leuchtenden, noch so jungfräulichen Schönheit — ist ihr
Bild eins geworden mit meinem Auge — eins mit meinen
Gedanken. Und mahnt mich nicht Alles geheimnißvoll an
ihre Gegenwart? Die flüsternden Wipfel da draußen —
der strahlende Himmel — der aufleuchtende See? Selbst
von den stummen Wänden scheint ein Echo auszugehen,
das mir zuruft: sie ist da! (Er ist während dessen an's Fenster
getreten; freudig zurückschreckend.) Ah! Geht sie da nicht im
Park? Ich sehe ein weißes Gewand schimmern — sie ist
es! Sie tritt in das Rondeau — nein; sie hält sich
zwischen den Taxushecken und kommt vorüber. Bei den
Rosen bleibt sie stehen . . . . sie pflückt eine . . . . Nun
blickt sie um sich, als ob sie sich besänne . . . . Sie wendet
sich — und biegt in jene dunkel schattende Allee ein . . . .
Noch kann ich ihre schlanke Gestalt sehen . . . . (Rasch vom
Fenster weg.) Ihr nach! (Stehen bleibend.) Was zögerst Du,
beschwingter Fuß? Willst Du mich hier festbannen,
während sie dort unten wandelt, einsam — allein!
Nein, Uebermenschliches fordert das Schicksal nicht. Ich
muß hinab, muß sie sehen, muß den Klang ihrer Stimme
vernehmen — und würde dieser Augenblick mit allen
Qualen der Ewigkeit erkauft! (Er eilt hinaus.)

Verwandlung.

Parkpartie mit üppiger, farbenprächtiger Vegetation. Den Hintergrund schließen hohe Baumgruppen ab, hinter welchen ein Theil des Sees und seiner landschaftlichen Umgebung sichtbar wird. Im Vordergrund links ein kleines, nach vorn offenes Bosquet, worin sich eine Statue und eine Bank befinden.

Zweite Scene.

Giovanna von rechts.

Ja, hier ist die Stelle, wo ich gestern saß. Ich hätte sie kaum mehr gefunden, so wirr, so täuschend kreuzen und verschlingen sich die Pfade. (Setzt sich auf die Bank. Pause.) Wie schön, wie still es in diesem blühenden Versteck ist! Hier könnt' ich stundenlang weilen und dem Spiel der Lüfte — dem sanften Wellengeräusch des Sees lauschen, das sich anhört wie das leise Pochen eines Herzens. — Ach wie glücklich muß der edle Mann, der uns so großmüthig aufgenommen, in dem seligen Frieden dieser Insel sein — (Versinkt in Gedanken.)

Dritte Scene.

Der Graf von rechts.

Graf.

Ah — treff' ich Sie hier, Signora! Willkommener Zufall — (Giovanna hat sich bei seinem Anblick rasch erhoben.) Aber was seh' ich — Sie haben geweint?

Giovanna (sich hastig die Augen trocknend).

Verzeihen Sie — verzeihen Sie. Ich könnte ja sagen, daß es Freudenthränen waren. Doch es mischte sich viel Schmerzliches hinein.

Graf.

Das begreift sich. Aber ich vertreibe Sie doch nicht von hier? Darf ich mich ein wenig zu Ihnen setzen?

Giovanna (während sie sich setzen).

Dürfen? Ich bitte Sie darum. Ich habe mich ja schon gesehnt, Ihnen zu danken — zum ersten Male zu danken. Als Sie uns so freundlich empfingen, war ich keines Wortes mächtig. So lassen Sie mich Ihnen jetzt sagen —

Graf (sie unterbrechend).

Keinen Dank, Signora. Sie schlagen den geringen Dienst, den ich Ihnen zu meiner Freude erweisen konnte, viel zu hoch an.

Giovanna.

Nein — drängen Sie meine Worte nicht zurück. Was Sie an uns gethan, mag für S i e nur wenig sein — für u n s aber war es A l l e s.

Graf.

Ich bin ja überreich belohnt, wenn ich weiß, daß Sie sich hier wohl fühlen. Doch sagen Sie: mangelt es Ihnen an nichts? Haben Sie Alles nach Wunsch vorgefunden?

Giovanna.

Gewiß. Wir haben uns auch schon ganz häuslich eingerichtet. Pietro, der nur lebt, wenn er arbeitet, hat bereits wieder zu Pinsel und Palette gegriffen. Und ich

— o was soll ich Ihnen von mir sagen? Wie Ihnen
mein Entzücken schildern, wenn ich des Morgens an's
Fenster trete und auf den schimmernden See, auf die
funkelnden Gipfel der Berge hinausblicke. Mir ist dann,
als hätt' ich Flügel an den Schultern — ohne den Wunsch,
sie zu gebrauchen. Und hier im Park möcht' ich vor Freude
jedes Blatt, jede Blume küssen!

Graf.

Ich preise mich glücklich, daß sich dieses kleine Eiland
so segensreich bewährt.

Giovanna.

Es ist ein Eden! Und nur der Gedanke, daß wir es
bald wieder verlassen — wieder den Fuß in die Irre
setzen müssen .... (Schmerzlich abbrechend.) Sehen Sie, das
war es, weßhalb ich vorhin geweint.

Graf.

Sie sollten jetzt diesem Gedanken keine Macht über
Ihre Seele einräumen. Noch treibt Sie ja nichts fort;
noch können Sie sich dem langentbehrten Gefühl der
Sicherheit hingeben. Es ist wahr, die ungewisse, gefahr=
volle Zukunft, der Sie entgegen leben, muß Sie beängstigen.
Aber vielleicht erscheint Sie Ihnen doch in zu düsterem
Lichte. Ich werde Ihnen jedenfalls in irgend einer Weise
nützlich sein können, und wenn es Ihnen gelingt, ein an=
deres Land — am besten die Heimat Ihres Gatten zu er=
reichen, so kann bald Alles wie ein böser Traum hinter
Ihnen liegen. (Da Giovanna das Haupt sinken läßt.) Freilich,
wenn ich bedenke, daß Sie fortan Ihre Tage unter einem
fremden, kalten Himmel — unter fremden, kalten Menschen

verbringen sollen, da empfind' ich meine Ohnmacht um so
schmerzlicher, daß ich Ihnen nicht freudig zurufen kann:
bleiben Sie hier, so lang es Ihnen gefällt — für immer!

G i o v a n n a (in Gedanken).

Mir ist, als wäre diese Insel der letzte Fleck Erde und
darüber hinaus läge das leere, schaudervolle Nichts. Ich
war ja bis vor Kurzem gewohnt, die blauen Hügel von
Albano als die Grenzen der Welt zu betrachten.

Graf.

Sie sind eine Römerin —

G i o v a n n a (sich in Erinnerungen verlierend).

Ja; und wie alle römischen Mädchen bin ich in fast
völliger Abgeschlossenheit herangewachsen. Meine Eltern
hatten einst bessere Tage gesehen; aber sie waren arm
geworden, und nach meines Vaters Tod lebte ich mit der
Mutter von unserer Hände Arbeit in einem kleinen Hause
der Leostadt. Die Frühmesse; ein sonntäglicher Gang
über den Corso oder in die Campagna hinaus — und
einmal im Jahre das tolle Treiben des Carnevals, war
Alles, was ich kannte.

Graf.

Und als Sie die Gattin Tempesta's wurden?

Giovanna.

Wurde mein Leben eigentlich noch stiller und gleich=
förmiger. Bei seinem eigenthümlichen, heftigen Wesen
hatte er sich bereits mit manchem seiner Gönner über=
worfen. Er wollte sich nun ganz und gar zurückziehen,
— wollte blos seiner Kunst — und mir leben. So ver=
brachte er seine Tage an der Staffelei; ich aber saß, sobald

ich unser kleines Hauswesen besorgt hatte, mit meiner Stickerei neben ihm, oder mit einem Buche bei den Blumen am Fenster.

Graf.

Und haben Sie sich in dieser Beschränkung zufrieden gefühlt?

Giovanna (nach einer kleinen Pause).

Ich war glücklich.

Graf.

Ein beneidenswerthes Loos. Aber jedem Zustand ist seine Dauer gesetzt. Und zuweilen bringt uns das Schicksal gewaltsam in eine andere Lage — in andere Verhältnisse, auf die wir anfänglich mit Entsetzen blicken, bis wir nach und nach gewahr werden, daß uns daraus ein neues — schöneres Glück erblüht.

Giovanna.

Ein neues — ?

Graf.

O das Leben bietet so viel — so unendlich viel! Und gerade hier könnte es sich Ihnen ganz und voll erschließen. Denn es ist nicht immer so still unter diesen Wipfeln und die Säle der Casa stehen nicht immer leer und verödet. Von Zeit zu Zeit lade ich mir eine Schaar erlesener Gäste: feinsinnige Männer, anmuthige Frauen. Dann beginnt eine Reihe wechselvoller Tage, deren jeder Freuden und Genüsse bietet, die Ihnen bis jetzt fremd geblieben.

Giovanna (unruhig).

O nichts davon!

Graf.

Ich begreife vollkommen, daß Ihnen in diesem Augenblicke nichts wünschenswerther erscheinen muß, als gänzliches Fernesein von Menschen. Aber wenn jede Gefahr beseitigt wäre, wenn Sie das ungetrübte Vollgefühl des Daseins wieder erlangt hätten, dann — o dann würde sich auch Ihre Seele freudig diesen neuen Eindrücken öffnen!

Giovanna (abwehrend).

Nein — nein —

Graf.

Doch! Doch! Sie wissen nicht, wie reizend die kleinen Feste sind, die wir hier zuweilen begehen, und würden sich plötzlich in ein Feenreich versetzt glauben. (Da Giovanna im Kampfe mit sich selbst schweigt, fährt er fort:) Denken Sie sich eine helle Mondnacht. Auf dem Fluthgekräusel des Sees zittert weithin das Licht farbiger Lampen, die hier durch alle Zweige schimmern. Musik ertönt; dazwischen das Plaudern und Lachen einer fröhlichen Menge, die nach des Tanzes, des Bankettes Freuden den erquickenden Hauch der Nacht aufgesucht hat. Nach und nach wird es stiller. Die Musik verstummt; das laute Wort dämpft sich — bis es allmälig erstirbt — wie die Lampen im Gebüsch. Durch die Luft geht nur mehr ein geheimnißvolles Flüstern, ein leichtes Rauschen schimmernder Gewänder — und, vernehmbar jedem Ohr, das Zirpen der Cicade. Auch hin und wieder ein verhallender Accord auf der Mandoline, oder eine zitternde Menschenstimme, die am einsamen Ufer den Sternen ein Sehnsuchtslied singt. Nun suchen glück=

liche Paare unbewußt schützende Laubgehege auf, wo Marmorbilder stumme Wacht halten — und hören in wonnigem Vergessen die Nachtigall nicht, die ihnen zu Häupten schlägt.

Giovanna
(die mit steigender Unruhe zugehört hat, erhebt sich).

Ich empfinde, was Sie so lebhaft geschildert, Herr Graf. Aber Sie wissen nicht, daß ein ähnliches Fest unser ganzes Unheil heraufbeschwor.

Graf (der sich gleichfalls erhoben).

Wie? Ein ähnliches Fest?

Giovanna.

Ein Fest in der Villa Borghese. Ich sagte vorhin, daß mein Gatte den Entschluß gefaßt hatte, sich von der Welt zurückzuziehen. Doch das konnte nur allmälig geschehen; denn er traf auf Widerspruch und Widerstand, und oft genug noch mußte er in Kreisen erscheinen, die er gern gemieden hätte. Seine Verehlichung hatte Aufsehen erregt, und man war neugierig mich zu sehen. Endlich konnte er den lästigen Fragen, dem unausgesetzten Drängen und Forschen, das schon unsere häusliche Abgeschiedenheit zu durchbrechen anfing, nicht länger Stand halten — und er entschloß sich, seine Gattin der Welt zu zeigen.

Graf.

Die vielleicht ein Recht hatte, das zu fordern.

Giovanna.

Es geschah — geschah in jener Villa, wo sich Alles versammelt hatte, was in Rom stolz und mächtig ist — und (sich abwendend) man benahm sich dreist gegen mich.

Graf.

O wer hätte das gewagt! Gewagt, zu entweihen, wo man anbeten sollte —

Giovanna (nachdenklich).

Vielleicht war ich selbst schuld daran. Sie können sich vorstellen, in welcher Unruhe, in welcher Aufregung ich jenem Abend entgegensah. Zaghaftigkeit, ahnungsvolle Furcht kämpften in mir mit einem seltsamen Gefühl freudiger Erwartung —

Graf.

Das nur ein natürliches war —

Giovanna.

Zitternden Herzens hatte ich mich geschmückt, und als ich den hell erleuchteten Saal betrat, vergingen mir fast die Sinne. Möglich, daß in der Verwirrung meines Wesens Etwas lag —

Graf.

Wie rührend, daß Sie sich selbst anklagen wollen. Nein, nein, Madonna! Sie hatten von den wüsten Sitten der Borgia und Cenci zu leiden, die sich in Rom, wie ich sehe, noch immer forterben. Und nun ist mir auch mit einem Male Alles klar — nun verstehe ich ganz, wie Ihr Gatte — (Bemerkt, daß Giovanna mit peinlichen Gedanken kämpft.) Aber verzeihen Sie — verzeihen Sie, daß ich ahnungslos Vergangenes heraufbeschworen, Erinnerungen geweckt — die ich so gern für immer aus Ihrem Leben verbannt hätte.

Giovanna.

Ich fürchte, sie werden niemals zu verbannen sein. (Mit der Hand über die Stirn.) Doch — die Mittags=

schwüle naht — ich dächte — (Bewegung, wie um sich zu verabschieden.)

Graf.

Nicht so! Lassen Sie uns jetzt nicht mit einem Mißton im Herzen auseinander gehen. Sie wollen nach der Casa zurück — gestatten Sie, daß ich mich Ihnen anschließe. Ich kenne alle Pfade genau und führe Sie einen, der schattig ist und schön. (Da Giovanna sich zu bedenken scheint.) Sie zürnen mir doch nicht?

Giovanna (nach kurzem Zögern).

Zürnen? Wie könnt' ich Ihnen zürnen. (Sie nimmt den Arm, den er ihr bietet, und Beide bewegen sich langsam gegen den Hintergrund, wo sie zwischen den Baumgruppen verschwinden. Inzwischen ist im Vordergrund rechts, gedankenvoll das Haupt gesenkt,)

Vierte Scene.

Tempesta erschienen. Nach einigen Schritten blickt er auf und gewahrt die Abgehenden. Er fährt zusammen und bleibt, mit einem unterdrückten Aufschrei die Hände auf's Herz pressend, stehen. Der Vorhang fällt.

Ende des zweiten Actes.

Dritter Act.

Ein Zimmer Tempesta's. Eingang durch die Mitte; rechts eine Seitenthür. Links, in der Nähe des Fensters, eine Staffelei, an welcher sich ein angefangenes Seestück befindet. Auf derselben Seite, weiter vorn in der Wand, ein Camin, mit einem großen Spiegel darüber. Rechts im Vordergrund Tisch und Stuhl.

Erste Scene.

Tempesta sitzt an der Staffelei.

Tempesta (im Malen innehaltend).

Es ist umsonst. Mein Blick starrt auf die Leinwand — aber mein Geist irrt in Nacht und die Hand vergißt den Strich, den sie zu führen hätte. (Legt den Pinsel weg und steht auf.) Bin ich ein Thor, der sich selbst den Sinn verfinstert, weil er in einem Sonnenstäubchen die Sahara sieht? Sie mußten ja einmal zusammentreffen. Und wenn dies geschah, war es auch ein Gebot der Höflichkeit, zu verweilen, sich in ein Gespräch einzulassen. Und doch — warum fühlte ich mich wie vom Blitz getroffen, als ich

sie neben einander hingehen sah? Warum eilte ich ihnen
nicht nach — gesellte mich nicht zu ihnen? Warum stand
ich in den Boden gewurzelt und schlich dann hinter ihnen
her, als müßt' ich Etwas gewahr werden, das schon als
bloßer Gedanke das Hirn mit Natterzungen leckt! (Auf
und ab.) Sie gingen still bis an die Casa, wo sie sich
trennten. Ja, still — in sich selbst versunken waren Beide.
Warum nicht heiter, nicht gesprächig, wie es eine zufällige
Begegnung mit sich bringt? Sollten ihre Empfindungen
schon dem Meer vor dem Sturme gleichen? Stumm,
regungslos — von scheuen Gedankenmöven umkreis't . . .
Ja, ja, so ist es — so mußte es kommen! Gleich als ich
den Borromäer sah, schnürte es mir die Brust zusammen.
Und als sein Blick auf sie fiel — da war es entschieden!
O warum habe ich mich hieher gewendet, gerade hieher,
wo die größte, die entsetzlichste Gefahr auf mich lauerte!
(Wirft sich in einen Stuhl. Pause.) Als mir Giovanna später
entgegentrat, schien sie nicht befangen — aber sie erzählte
mir hastig, daß sie den Grafen im Park getroffen. Es
war, als wollte sie meiner Frage zuvorkommen. Auch
blieb sie tagüber schweigsam — nachdenklich. Doch Nachts
schlief sie ruhig, ganz sanft und ruhig — mit dem Lächeln
eines Kindes um die Lippen . . . . O wer giebt mir Licht
in diesem Dunkel! (Brütet vor sich hin.)

Zweite Scene.

Giovanna von rechts, mit einer angefangenen Stickerei. Sie nähert sich Tempesta, der sie nicht bemerkt, und legt die Hand auf seine Schulter.

Tempesta
(fährt empor und blickt sie forschend an).

Giovanna.
Was hast Du?

Tempesta.
O nichts — nichts —

Giovanna.
Du malst heute nicht?

Tempesta.
Ich unterbrach mich eben. Doch nun will ich wieder — (Geht an die Staffelei.)

Giovanna
(nimmt seinen Platz ein und beginnt zu sticken. Pause).

Tempesta (malend).
Was machst Du da?

Giovanna.
Ich habe meine alte Beschäftigung wieder aufgenommen. Es fanden sich noch ein paar Strähne farbiger Seide und ein Büschel Goldfäden vor; da will ich nun sehen, was daraus wird.

Tempesta.
Wohl ein Andenken — ein Andenken für den Grafen. (Wirft einen raschen Blick auf sie.)

Giovanna (ohne aufzusehen).
Für den Grafen? Je nun, vielleicht —   (Pause.)

Tempesta.

Du bist heute nicht sehr gesprächig.

Giovanna.

Heute? Bin ich es denn sonst?

Tempesta (hastig malend).

Blick' doch nicht in einem fort auf Deine Nadel —

Giovanna

(läßt die Arbeit sinken und sieht ihn an).

Tempesta.

Wahrlich, es ist, als könntest Du mich nicht an=
sehen —   (Bemerkt, daß ihr Antlitz ihm zugewendet ist; innig:)
Giovanna!

Giovanna.

Was ist?

Tempesta (in ihren Anblick verloren).

Nein, dieses Auge kann nicht trügen! (Wirft den Pinsel
weg und eilt auf sie zu.) Weg mit der Stickerei! Ich will ja
auch nicht mehr malen. Laß mich still zu Deinen Füßen
sitzen — wie einst, da wir noch so glücklich, so selig waren!
(Läßt sich vor ihr nieder und faßt ihre Hände.) So. (Mit leiden=
schaftlicher Zärtlichkeit.) Giovanna — mein Weib — mein
geliebtes Weib!

Giovanna.

(beugt sich zu ihm nieder und streicht ihm das Haar aus der Stirn).

Tempesta (wie früher).

Liebst Du mich?

Giovanna.

Warum fragst Du?

Tempesta.

Und warum giebst Du keine Antwort? Auf die Frage wieder fragen, heißt: sie umgehen wollen — sie Demjenigen, der sie stellt, vergessen machen.

Giovanna.

Ich begreife nicht —

Tempesta.

Doch ich begreife. Sieh', wenn Du mich gefragt hättest: liebst Du mich? so hätt' ich Dir anfangs stumm und verwirrt in's Auge geblickt, als früge mich Jemand, der da lebt — mit vollen, lustgedehnten Athemzügen lebt: bin ich nicht todt? Dann aber würde ich schnell mit immer mächtigeren Worten, wie sie die Inbrunst des Ueberzeugenwollens gebiert, Dir meine Liebe geschildert haben, daß jeder Zweifel erloschen wäre.

Giovanna.

Zweifel? — Zweifelst Du denn an meiner Liebe?

Tempesta (aufstehend).

Ja.

Giovanna.

Aus welchem Grund?

Tempesta.

Schon Deiner Worte wegen, die nichts bejahen und nichts verneinen. — Du verbirgst mir Etwas!

Giovanna.

Verbergen —

Tempesta.

Was das Licht des Tages scheut und nur in Deinem geheimsten Inneren —

Giovanna (hat sich ängstlich erhoben).

O Du bist krank —

Tempesta (mehr in sich hinein).

Ja, ich bin krank. Seit gestern liegt es wie ein Schatten zwischen Dir und mir — eine eisige Hand krampft sich um mein Herz —

Giovanna.

Seit gestern?

Tempesta.

Seit gestern, wo — (Es wird an die Mittelthür geklopft.) Was ist?

Dritte Scene.

Ein Diener tritt ein.

Diener.

Seine Excellenz wünscht zu erfahren, ob Sie ihn einen Augenblick empfangen wollen.

Tempesta (ausbrechend).

Wie? Der Graf! (Sich mäßigend zum Diener.) Seine Excellenz sind uns sehr willkommen. (Diener ab. Giovanna macht unwillkürlich eine Bewegung, um sich zu entfernen.) Wohin? Du bleibst! (Für sich.) Nun waffne dich, Seele! (Giovanna läßt sich wieder am Tische nieder. Tempesta behält sie — so wie die ganze folgende Scene hindurch — mit fieberhafter Spannung im Auge.)

Vierte Scene.

Der Graf durch die Mitte.

Graf (während sich Tempesta gezwungen verneigt). Verzeihung, wenn ich störe. Aber ich mußte doch einmal nach meinen Gästen sehen. (Mit einer Verbeugung zu Giovanna, die ihn sichtlich befangen begrüßt.) Ich habe zwar gestern die Freude gehabt, der Signora im Park zu begegnen und von ihr zu vernehmen, daß Sie sich zufrieden und behaglich fühlen. Aber es könnte mir immerhin Etwas verschwiegen worden sein — und vor Allem: da wir unter e i n e m Dache leben, so dürfen wir ja einander nicht gänzlich fremd bleiben.

Tempesta.

Euere Excellenz sind sehr gütig —

Graf.

Beschämen Sie mich nicht. Die Künstler wissen am besten selbst, was wir durch ihren Umgang gewinnen. (Umherblickend.) Ich habe diese Zimmer schon lange nicht mehr betreten. Sie wurden einst von meinem Bruder bewohnt; nach seinem Tode blieben sie unbenützt. Er war der Schöpfer dieser Insel und nebenher ein leidenschaftlicher Freund der Malerei, in der er sich auch vielfach selbst versucht hat. Nicht ohne Talent; aber (mit feiner Selbstironie) wir Leute von Stand bringen es nun einmal über den Dilettantismus nicht hinaus. Es finden sich da an den Wänden einige Stücke von ihm — die Sie freilich mehr stören, als anziehen dürften. (Sich gegen die Staffelei wendend.)

Dafür hat jetzt die ächte Kunst ihren Sitz hier aufge=
schlagen und ist, wie ich mit Vergnügen bemerke, bereits
thätig gewesen. Ist es erlaubt?

Tempesta.

O ich bitte —

Graf (das Bild betrachtend).

Ausgezeichnet — ganz ausgezeichnet. Sie haben es in
der Behandlung des Wassers zu wahrhaft bewunderungs=
würdiger Vollkommenheit gebracht. Man möchte den
Schaum von diesen Wellen abschöpfen. Es wird ein sehr
schönes — aber auch sehr düsteres Bild werden.

Tempesta.

Wie es der Gegenstand mit sich bringt.

Graf.

Ja wohl; es ist ein Seesturm. Und er wird den Ruf
des Namens, den man Ihnen beigelegt, nur noch erhöhen.
Auch begreif' ich, daß Sie sich jetzt zu solchen Ausführungen
besonders hingezogen fühlen könnten. Allein es ist eine
alte Vorliebe von Ihnen und diese — verzeihen Sie, daß
ich es offen ausspreche — erscheint mir fast wie eine Be=
schränkung, die Sie Ihrem Talente selbst auferlegen.

Tempesta.

Das mag sein. Aber ich halte dafür, daß jetzt in der
Kunst Beschränkung noth thut. Die Zeit der großen
Maler, die Alles darstellen durften, weil sie es konnten,
ist vorüber. Wir Späteren müssen froh sein, wenn wir
uns ein Stückchen dieser Welt erobern, aber bis in's
Kleinste beherrschen.

Graf.

Da spricht denn doch der Holländer aus Ihnen. Ich bin überzeugt, daß auch Sie Alles malen könnten, wenn Sie nur wollten.

Tempesta.

Sehr schmeichelhaft — allein Sie überschätzen mich.

Graf.

Sie haben sich gewiß auch schon in anderen Fächern versucht.

Tempesta.

Versucht! Wer hätte das nicht.

Graf.

Anders versucht sich der Schüler, anders der Meister. Es wird auch Niemand beifallen, Ihnen das liebgewordene Element verleiden zu wollen. Es wäre nur zu wünschen, daß Sie es auch von seiner freundlichen, seiner anmuthigen Seite fassen und dem gemäß beleben würden. Was läßt sich nicht Alles auf die Fluthen hinzaubern!

Tempesta.

Ganz gewiß.

Graf.

Und sehen Sie — da kommt mir plötzlich wieder der Vorwurf zu einem Gemälde in den Sinn, den ich — lächeln Sie nicht — für einen höchst glücklichen halte. Ich meine die Entführung der Europa. Es könnte ein prächtiges Seitenstück zu Raphaels Galatea werden.

Tempesta.

O ja — wenn man Raphaels Pinsel hätte.

Graf.

(Es käme, wie gesagt, auf den Versuch an. Ich dachte schon öfter nach, wen ich eigentlich damit beauftragen könnte —

Tempesta.

Wenn Euere Excellenz **befehlen**, daß ich diesen Auftrag übernehme —

Graf.

Von Befehlen kann keine Rede sein. Ich wäre nur sehr stolz darauf, Ihnen die Anregung gegeben zu haben, wofür mir — dessen bin ich überzeugt — Welt und Nach= welt dankbar sein würde. Und Sie müssen zugeben: ein ganz einziger Gegenstand. Ich sehe jetzt schon das Bild vollendet vor mir. Eine sanft bewegte, von lachender Ufergegend begrenzte See, welche Sie, wie kein Anderer, darzustellen vermögen. Auf den Wellen, in reizvoller Be= wegung, Nereiden, Tritonen. In den Lüften Eros, dem olympischen Thiere voran, das die geliebte Last leicht und sicher auf dem schimmernden Rücken trägt, während Jung= frauen am Ufer mit ängstlichem Erstaunen dem Schau= spiele zusehen. Die vielen Figuren dürften Ihnen aller= dings einige Schwierigkeiten bereiten — aber der Prinzessin selbst sind Sie sicher, da Sie in Ihrer Gattin das vollen= detste Vorbild besitzen.

Tempesta (aufzuckend).

Wie? (Sich mäßigend.) Sie meinen?

Graf.

Gewiß. Es ließe sich nicht leicht eine idealere Gestalt für die Tochter Agenors denken. Und so sollte mir das

Ganze nicht bloß als Kunstwerk von besonderem Werthe sein: es sollte auch als doppeltes Erinnerungszeichen Ihres hiesigen Aufenthaltes mein Arbeitszimmer schmücken.

T e m p e st a (sich mühsam beherrschend).

Ihr Arbeitszimmer — (Mit scharfer Stimme zu seiner Frau.) Giovanna! Du bleibst stumm? Hast Du nicht gehört, daß der Herr Graf so gütig ist, Dein Bild besitzen zu wollen? Bedanke Dich doch! (Da Giovanna, peinlich getroffen, keiner Erwiederung fähig ist.) Sie müssen ihr verzeihen, Excellenz — sie ist noch sehr schüchtern.

G r a f (halblaut).

Was ficht Sie an —

T e m p e st a.

O nichts — nichts! Aber diese Schüchternheit wird sich mit der Zeit geben. Und was ihre Schönheit betrifft — die ist in der That unvergleichbar — ganz unver= gleichbar! (Tritt an Giovanna heran, die furchtsam zwischen Scham und Entrüstung schwebt.) Sehen Sie nur diese feingeschnittenen Züge! Diese Augen — diese blendende Fülle des Haares, das sich um den weißen, marmorglatten Nacken ringelt —

G r a f (unwillig dazwischen).

Tempesta!

T e m p e st a (ohne sich irre machen zu lassen, faßt ihren Arm und hebt ihn empor).

Und dieser Arm! Diese Haut! Bei Gott, Herr Graf, Phidias und Praxiteles hätten sie nicht vollendeter meißeln können. Ich sehe, daß ich es mit einem Kenner zu thun habe!

Graf.

Sie sind von Sinnen! Oder fühlen Sie nicht, wie sehr Sie sich selbst entwürdigen? (Mit gedämpfter Stimme.) Wenn in dem Ausspruch, den ich vorhin that, nur das Geringste liegt, was Sie beleidigen, verletzen könnte, so nehm' ich ihn zurück und bitte Sie im Namen Ihrer Gemahlin nicht mehr davon zu sprechen — nicht mehr daran zu denken —

Tempesta.

O im Gegentheil! Ich und meine Gemahlin — wir fühlen uns außerordentlich geschmeichelt. Verlassen Sie sich darauf: ich male sie Ihnen als Europa — und S i e, Sie selbst, Herr Graf, als Jupiter dazu! (Giovanna, ihrer Empfindungen nicht mehr mächtig, erhebt sich mühsam.)

Graf.

Das geht zu weit! (Zu Giovanna.) Signora, ich flehe Sie um Vergebung an, daß ich Schuld an dieser Scene trage, die, wie sie mich tief verletzt, Ihnen nur Entsetzen einflößen kann. Ich darf sie nicht verlängern. Gestatten Sie mir daher, daß ich mich für jetzt entferne. — Mit Ihnen, Messer Tempesta, später. (Ab.)

Tempesta (blickt ihm hohnlachend nach).

Den hab' ich gut getroffen! Eine Aalhaut schützt nicht immer; man muß nur noch anders, als bloß mit Händen greifen können. (Zu Giovanna, die wieder in den Stuhl gesunken ist und in ein lautes Weinen ausbricht.) Du weinst, Tochter Agenors? Mich rühren diese Thränen nicht. Da müßt' ich eher ihre Quelle kennen — und wie errath' ich die unter den unzähligen, die das Herz eines Weibes birgt.

Giovanna.

Verwunde mich nur immer tiefer — ich will es schweigend dulden. Doch daß Du ihn in solcher Weise kränkst, ist empörender Undank.

Tempesta.

Ihm also gelten diese Thränen? Schön, sehr schön! O Du hast Recht! Ich bin ein Schurke, ein undankbarer Schurke, weil ich nicht geduldig die Schmach ertrage, die man mir als Dankeszoll auferlegt.

Giovanna.

Die Schmach?

Tempesta.

O ich bin gänzlich aus der Art geschlagen! Ein armer, flüchtiger Maler — und nicht hündisch wedeln, wenn ihm ein Gönner, ein Beschützer die Ehre anthut, an seinem Weibe Wohlgefallen zu finden!

Giovanna.

Was sprichst Du da?

Tempesta.

Gewiß, ich bin ein Thor — ein eingebildeter, eitler Thor, weil ich nicht sogleich das Feld räume! Ist es nicht so?

Giovanna.

Du bist entsetzlich —

Tempesta.

Ich will es sein! Will mit meinen Worten gewaltsam an's Licht peitschen, was sich in den schweigenden Abgrund Deiner Brust verkriecht. — Du liebst den Grafen!

Giovanna.

Mein Gott!

Tempesta (faßt sie an).

Sprich es aus — Du liebst ihn!

Giovanna.

Du marterst mich —

Tempesta.

Laß die Stoßseufzer Deiner Schuld und sprich! Ich harre mit gierigem Ohr auf Deine Rede. Gieb Leben oder Tod — doch thu's bestimmt und schleiche nicht falsch zwischen beiden durch!

Giovanna.

Dein Argwohn stürzt so unvermuthet auf mich nieder.... Lieben — ich ihn lieben —?

Tempesta.

Du widersprichst nicht? Rufst nicht aus: ich hass' ihn, hass' ihn glühend — wie Du es in diesem Augenblick mußt, wenn Du ihn nicht liebst?

Giovanna.

Hab' ich denn mit einer Miene — einem Blick gezeigt —

Tempesta.

Ah — nur nicht gezeigt? Verborgen also — mir verborgen. Doch ihm —

Giovanna.

Ihm?

Tempesta.

Ihm ist es offenkundig. Denn wie hätte er sonst verlangen können, daß ich ihm Dein Bild male? Es ist klar:

Ihr habt Euch bereits verständigt — gestern im Park verständigt.... Ha, Du senkst den Blick! Er sprach Dir von Liebe — und Du — Du hast ihn nicht abgewiesen —
Giovanna.
Du wähnst, ich hätte Pflicht und Ehre vergessen —
Tempesta.
Was Pflicht! Was Ehre! Die Liebe ist das Heiligthum, das Du mir wahren solltest. Ohne sie veracht' ich diese hohlen Namen, wie der Durstige den leeren Becher — sei er auch von Gold. Ihr Weiber glaubt, wenn Ihr Euch in diese scheingeflickte Tugend einhüllt, in diese Pharisäertracht des schwankenden Gefühls — so müßten wir zufrieden sein. Mit nichten!
Giovanna.
O was hab' ich, Unselige, denn verbrochen, daß mir so grausamer Schimpf zu Theil wird!
Tempesta.
Was Du verbrochen? Fühlst Du es nicht, Seichtherzige? Mein Glück hast Du gemordet! Ja, stiere mich nur an! Du willst Beweise? Du willst, daß ich Dir Dies und Jenes vorhalte; daß ich auf Entschuldigungen höre, mich nach und nach beschwichtigen lasse — und am Ende selbst zugestehe, ich sei ein verblendeter, eifersüchtiger Thor? Gäb' es Beweise, daß Du pflichtvergessen warst — ich würde jubeln! Denn dann könnt' ich Dich auch wie eine Schlange zertreten — und ihn, den glattzüngigen Borromäer, mit dieser Hände Riesenkraft erwürgen. Doch so bin ich nur das Opfer eines ewig marternden Zweifels, der mich zum Wahnsinn bringen wird. O nun wieder

fort — wieder hinaus in eine doppelte Nacht voll Qualen und Schrecken .... (Faßt sie hart an.) Deine Schönheit wird mir zum Fluch. Wer Dich erblickt, der liebt Dich — und die ganze Erde grinzt mich widrig an, weil sie voll Augen ist, die sich begehrend in Deine Reize tauchen können. Ich müßte Ströme Blutes vergießen, wohin ich mit Dir trete! Als ich in Rom den Elenden niederstach, der es gewagt, Dich mit frecher Hand zu berühren: da hab' ich unbewußt das erste Glied einer Kette geschmiedet — deren letztes Du selber sein könntest. Nimm Dich in Acht! Nimm Dich in Acht! (Stürzt hinaus.)

Giovanna (nach einer Pause tonlos).

Fassung — Fassung — sonst könnt' ich an mir selber irre werden. (Während sie, ihr Antlitz mit den Händen verhüllend, in den Stuhl sinkt, fällt der Vorhang.)

Ende des dritten Actes.

Vierter Act.

Das Arbeitszimmer des Grafen wie im ersten Act.

Erste Scene.

Der **Graf** allein.

Graf.

Welch ein beschämender Vorfall! Und ich kann das quälende Mißbehagen an mir selbst nicht unterdrücken — nicht mit Gewalt von mir schleudern, wie ich es möchte. (Ausbrechend.) Was hält mich ab, den wahnwitzigen Thoren — — Wahnwitzig? Ist er's denn? O wie schnell wir bereit sind, Andere herabzusetzen und anzuklagen, wenn es gilt, uns selbst zu erheben und zu entlasten. Er hat mich durchschaut, hat erkannt, welche Gefahr seinem Weibe droht — und ich wag' es, ihn einen Thoren zu nennen? War es nicht thöricht von mir, mich gegen meine bessere Einsicht fortreißen zu lassen? Nicht vermessen von mir, nach dem, was ich gestern erfuhr, weiter zu gehen? Habe ich nicht selbst das holde Geschöpf diesem grausamen Ausbruch der Eifersucht preisgegeben, indem ich ganz ohne Ueberlegung und Vorbedacht auf die unselige Idee des Bildes zu sprechen kam? O es war so unklug, wie es unzart war! Ja, so sehr sich auch mein Stolz gegen diese Erkenntniß sträubt: ich allein trage Schuld an Allem. Und ich muß diese Schuld sühnen — sühnen um jeden Preis! Aber wie vermag ich es — jetzt, da alle Mittel und Wege abgeschnitten sind — da ich die Beiden selbst von hier vertrieben habe.

———

Zweite Scene.
Moro durch die Mitte.

Moro.
Gnädiger Herr, der Intendant aus Pallanza ist da.

Graf.
Signor Albani? Was giebt es denn wieder?

Moro.
Was soll es geben? Es ist ja seine gewöhnliche Zeit; der Monat geht zu Ende.

Graf.
Ach ja — das habe ich ganz vergessen.

Moro.
Ihr scheint gar Vieles zu vergessen. — Soll ich ihn hieher führen?

Graf.
Gewiß, gewiß. (Moro ab.) Wie unerwünscht! In

diesem Augenblick trockene Rechenschaftsberichte anhören zu müssen; ich wüßte nicht, wozu ich weniger gestimmt wäre. (Geht auf und nieder.)

Dritte Scene.
Albani tritt ein.

Albani (sich verbeugend).

Excellenz —

Graf.

Seien Sie mir gegrüßt, lieber Albani, seien Sie mir gegrüßt. Setzen wir uns — ich bitte. Nun, wie sieht es in Pallanza aus?

Albani.

Ganz gut. An Thätigkeit fehlt es nicht, aber die Cassen sind wieder leer.

Graf.

Wir wollen sie auf's neue füllen. Was haben Sie mir heute gebracht?

Albani (sein Portefeuille öffnend).

Nicht allzu viel. Die laufenden Rechnungen — den Voranschlag für den nächsten Monat — einige Lieferungs= contracte, die zu unterzeichnen sind —

Graf.

Also nichts Dringendes. Desto besser. Ich bin heute etwas zerstreut, voreingenommen. Sie wissen ja, ich habe meine Tage, wo ich zu Geschäften durchaus nicht zu brauchen bin. Wie wär' es, wenn Sie mir die Papiere einſtweilen hier ließen. Ich bringe Ihnen morgen — oder übermorgen Alles ſelbſt zurück. Man hat mich ohnehin ſchon lange nicht mehr in Pallanza geſehen.

Albani.

Wie Euere Excellenz befehlen. Aber eine Nachricht möchte ich Ihnen doch noch mittheilen. Sie hat mit den Geſchäften nichts zu thun; könnte aber gleichwohl von einiger Wichtigkeit ſein —

Graf.

Alſo eine Privatſache. Sprechen Sie, lieber Albani, ſprechen Sie.

Albani.

Vorerſt eine Frage. Vielleicht macht ſchon die Beantwortung derſelben alles Weitere überflüſſig. Sagen Sie, Excellenz, befindet ſich zur Zeit bei Ihnen ein Maler?

Graf (überraſcht und betroffen).

Ein Maler? Allerdings — das heißt —

Albani.

Ein Maler mit ſeiner Frau?

Graf.

Nun ja —

Albani.

Dann dürfte es auch jener Maler ſein, von welchem mir mein Agent in Rom ſchrieb.

Graf.

Ihr Agent in Rom? Und was ſchrieb er?

Albani.

Hier iſt der Brief.

Graf (nachdem er hastig gelesen, springt auf).

Ich habe es geahnt! O ich wußte, daß man dort eine scharfe Witterung hat!

Albani (der auch aufgestanden ist).

So war es Euerer Excellenz schon bekannt, daß der Maler Tempesta der Ketzerei angeklagt ist und in Folge dessen aus Rom flüchtig geworden?

Graf.

Alles, Alles ist mir bekannt. Und ich sage Ihnen: er muß gerettet werden.

Albani (betreten).

Wenn dem so ist — dann kann meine Mittheilung auch in dieser Hinsicht nur willkommen sein. Der Brief ging mit einem Courier, hat daher einen ziemlichen Vorsprung vor den Häschern, welche — wie man wohl annehmen darf — erst damals ihre Weisungen erhielten. Ihren Schützlingen bleibt also Zeit genug, sich in die Schweiz zu begeben. Oder sie sollen sich nach Genua wenden und das Meer zu gewinnen suchen.

Graf.

An die Schweiz ist nicht zu denken; aus mehrfachen Gründen nicht. Aber Genua — Genua ließe sich hören. Ich möchte jedoch die Unglücklichen nicht auf's Gerathewohl einer gefährlichen Flucht, einer ungewissen Zukunft preisgeben. Es wäre vielmehr mein Wunsch, daß sie möglichst sicher nach Holland oder England gebracht würden — und daß man auch dort noch eine Zeit lang für sie Sorge trüge. Gäbe es denn bei unseren weitläufigen Verbindungen Niemand, der sich, sei es, um uns zu verpflichten — sei es gegen glänzende Entlohnung, diesem Auftrag unterzöge?

Albani (mit Zurückhaltung).

Nun, es dürfte sich vielleicht Jemand finden lassen. Aber so betrachtet, ist die Zeit knapp zugemessen. Auch müßte man den Betreffenden in die Sache ganz und gar einweihen, sowohl seiner selbst willen, als auch um späteren Vorwürfen zu begegnen. In gewissen Dingen theilt nicht Jedermann die unabhängigen Anschauungen Euerer Excellenz. Ich selbst — um es zu gestehen — bin zwar kein Zelot; aber dennoch —

Graf.

Keine Bedenklichkeiten, Albani. Ich übernehme die vollständigste Verantwortung, und was Ihr Gewissen betrifft, so braucht sich dasselbe in keiner Weise beschwert zu fühlen. Es ist nichts, als ein Act persönlicher Rache, der hier vorgenommen wird. Dies erhellt deutlich aus dem Briefe, wenn ich auch nicht den umfassendsten Einblick in die Verhältnisse hätte, die ich Ihnen später auseinander setzen werde. Denn sehen Sie: man will die Häscher nur im Geheimen nach meinen Inseln senden, wo sie sich des Malers bei günstiger Gelegenheit bemächtigen sollen. Wäre die Beschuldigung der Ketzerei nicht ein bloßer Vorwand, so könnte man sich ja ganz offen an die geistlichen Gerichte in Mailand wenden. Und dies läßt mich nachsinnen, ob ich nicht eine Vermittlung durch unseren Erzbischof einleiten könnte.

Albani.

Das wäre ein letzter Versuch, dessen Erfolg zum min=

besten zweifelhaft bliebe. Denn da Gefahr im Verzug ist, so müßte man in Mailand gleich eigenmächtig eingreifen — und dazu dürfte sich unsere Kirche wohl kaum entschließen. Das andere Mittel verspricht mehr, und da Euerer Excellenz diese Angelegenheit so sehr am Herzen liegt, so will ich thun, was ich vermag.

Graf.

Ich danke Ihnen, bester Albani — danke Ihnen in voraus!

Albani.

Es lebt in Como ein Mann — ein Kaufmann, dem ich vor Jahren einen erheblichen Dienst geleistet. Er hat sich lange in England aufgehalten und dürfte sich wohl herbeilassen, das Paar in Sicherheit zu bringen. Aber Euere Excellenz müßten sich entschließen, mich ohne Verzug nach Como zu begleiten. Ihr Wort wird jedenfalls den Ausschlag geben; auch fänden Sie, falls wir dennoch auf eine Weigerung stießen, noch immer Zeit, in Mailand zu interveniren.

Graf.

Vortrefflich, vortrefflich! Also Sie meinen, daß wir noch Zeit haben — daß die Beiden inzwischen hier noch sicher sind?

Albani.

Drei bis vier Tage denke ich wohl. Und wenn Alles gut geht, brauchen wir nicht mehr als die Hälfte dieser Frist.

Graf.

Nun, dann reisen wir sogleich. (Will läuten.) Doch halt! Das dürfte nöthig sein. (Geht an den Schreibtisch und nimmt aus einer Lade mehrere Rollen Goldes, die er in eine Cassette schließt. Dann schreibt er hastig einige Zeilen; nachdem er gesiegelt, läutet er.) Und hören Sie, Albani, kein Wort vor meinem alten Diener; er darf von der Sache durchaus nichts wissen.

Vierte Scene.

Moro kommt, während Albani an's Fenster tritt und die Aussicht betrachtet.

Graf.

Da bist Du. Höre, Moro, Signor Albani hat mir eine Mittheilung gemacht, die mich zwingt, unverzüglich mit ihm abzureisen.

Moro.

Unverzüglich?

Graf.

Auf ganz kurze Zeit — auf einige Tage. Ich werde Angelo mit mir nehmen.

Moro.

Wohin geht Ihr?

Graf.

Nach Como — (mit beziehungsvollem Nachdruck) im Übrigen vielleicht auch nach Mailand. Diesen Brief und diese Cassette kannst Du später Signor Tempesta überbringen.

Moro.

Die reisen also auch?

Graf.

Nein — die bleiben noch. Und ich überlasse sie Deiner Obhut. Das heißt, ich wünsche, daß Du ihnen gegenüber in jeder Hinsicht meine Stelle vertrittst. Du verstehst mich. — Kommen Sie, Albani, begleiten Sie mich einstweilen in mein Cabinet. (Ab mit Albani.)

Moro.

Seine Stelle soll ich vertreten! Vielleicht gar in seinem Namen die Signora im Park umherführen und die Besuche fortsetzen, die er heute drüben begonnen hat. Daß ich ein Tropf wäre! Diese plötzliche Abreise kommt mir gar nicht ungelegen. Denn ich kann nun dem Maler frischweg auf den Zahn fühlen, und wenn ich nicht ganz vor das Hirn geschlagen bin, so mach' ich jetzt ein Ende. (Ab.)

Verwandlung.

Das Zimmer Tempesta's.

Fünfte Scene.

Tempesta kommt in Gedanken.

Tempesta.

Warum hat uns die Natur nicht Alle aus **einem** Thon geformt? Dann wüßten wir den Lauf des Lebens hübsch bis zum letzten Ziel abzumessen — und brächten unsere Scherben nicht schon früher zu Markte. — Ist

Fleisch nicht Fleisch? Ist Blut nicht Blut — und Herz
nicht Herz? Warum also trifft der bloße Hauch der Luft
den Einen schon so empfindlich, wie den Anderen erst ein
Keulenschlag? Warum kreis't **hier** das Blut wild und
stürmisch — und schleicht dort kalt und träg durch die
Adern? Warum hat Dieser ein Herz nur als Pumpe für
sein Blut, während es Jenem auch ein Born unzähliger
Martern wird? Wenn ich noch einmal in das Dasein
treten müßte, so wünscht' ich mir Stricknerven, einen
platten Schädel und eine tüchtige Faust, um damit mein
tägliches Brod dem Boden abzutrotzen. Wer gräbt und
pflügt, dem rüttelt die Bewegung so das Hirn, daß des
Gedankens Samenkorn darin nicht keimen, nicht Wurzel
fassen kann. Wenn nur die Saat zu seinen Füßen auf=
geht! Das ist's, was ihn kümmert — und nichts kennt
er sonst, was ihm neidisch den Schlaf vergällen könnte, in
den er nach genossenem Mahl beim Kusse seines Weibes
versinkt. Hat er so feine Lippen etwa, daß er merkt, es
habe sie vor ihm ein Anderer geküßt? Belauscht er ihren
Blick, damit er sieht, ob ihr Der oder Jener besser gefiele?
Sie hält ihm Haus, gebiert Kinder — und damit hollah! —
(Auflachend.) Doch welch ein unglücklicher, selbstquälerischer
Narr bin **ich**! Ich gewahre mit verstörtem Auge jeden
Wechsel ihrer Miene, suche ihn zu deuten, lege jedes ihrer
Worte auf die Wagschale — und habe ihr Wesen so in
mich aufgenommen, daß ich empfinde, was sie kaum noch
fühlt — ausspreche, was sie kaum gedacht . . . . (Pause.)
Wenn ich zu weit gegangen wäre? Wenn ich ihr Unrecht
gethan hätte — Unrecht ihr — und mir selbst! Nein,

nein! Hier an diesem dumpfen Druck, an diesem beständigen Nagen fühl' ich es, daß ihre Seele dem Grafen entgegenzittert. Nur die Pflicht, die armselige Pflicht kann sie mir erhalten! Vor eine freie Wahl gestellt zwischen mir und ihm, würde sie an **seine** Brust sinken, nicht an **meine**. Ha, worin überragt er mich so hoch? Was für Eigenschaften sind es, die mich so tief in den Schatten stellen? Ist er ein strahlender Gott — und ich (unwillkürlich vor den Spiegel tretend) ein Thersites — ein mißgeschaffener Satyr?! (Sich besinnend.) O pfui, pfui, pfui! Ich werde noch zum Gecken, der in den Spiegel gafft! (Ergreift einen Armleuchter, der auf dem Caminsims steht und holt damit gegen sein eigenes Bild im Spiegel aus. In demselben Augenblick tritt)

Sechste Scene.

Moro mit Brief und Cassette durch die Mitte ein.

Moro (noch in der Thür).

Oho! Was treibt Ihr denn da? (Vorkommend, für sich.) Der ist entweder verrückt, oder er merkt schon, woher der Wind weht.

Tempesta (auffahrend).

Was sucht Ihr hier?

Moro.

Suchen? Nichts. Ich habe nur Dies von meinem Herrn zu bestellen, der soeben abgereist ist. (Uebergiebt Brief und Cassette.)

Tempesta.

Abgereist? (Erbricht haftig den Brief und liest für sich.) „Seien Sie auf der Hut; es droht Gefahr. Ich rathe Ihnen, vor meiner Rückkunft Ihre Zimmer nicht zu verlassen. Den Inhalt der mitfolgenden Cassette stelle ich für den äußersten Fall zu Ihrer Verfügung." (Die Cassette öffnend.) Gold! Was soll es mit dem Gold?

Moro.

Nun ich denke, daß Geld immerhin ein sehr brauchbares Ding ist. Und wär' es nur, um sich einen eigenen Glaser zu halten.

Tempesta.

Was soll das heißen?

Moro.

Daß es in der Welt noch genug Spiegel einzuschlagen giebt. Aber um den da wär' es Schade gewesen. Er ist ein kostbares Stück; ächte Venetianer Arbeit. Und im Grunde genommen — was kann so ein armer Spiegel dafür?

Tempesta.

Wofür?

Moro.

Daß er zum Gelegenheitsmacher wird. Es ist nichts leichter, als hineinzusehen, und hinter dem Rücken eines Dritten verliebte Blicke, zärtliche Geberden aufzufangen. Doch mein Auftrag ist abgethan. Gott befohlen. (Will gehen.)

Tempesta (mit sich selbst im Kampfe).

Noch einen Augenblick! Was wollt' ich nur — meint Ihr, daß —

Moro.

Was?

Tempesta.

Daß in jenem Spiegel —

Moro.

In jenem Spiegel —

Tempesta.

Zärtliche Blicke und Geberden —

Moro.

Ausgetauscht wurden? War ich dabei? Ihr seid sehr drollig — und thut als ob Ihr von nichts wüßtet.

Tempesta (faßt ihn an).

Was soll ich denn wissen, alter Sylbenmörder?

Moro.

Ich bring Euch auf — laßt mich! Ich habe keine Zeit und muß fort —

Tempesta.

Nicht eher, als bis Ihr mir Alles mitgetheilt, was Euch an der verschmitzten Zunge klebt.

Moro.

Ja, sagt mir, was soll ich Euch mittheilen? Wißt Ihr's, so wißt Ihr's — wenn nicht, desto besser für Euch.

Tempesta.

Macht mich nicht rasend!

Moro.

So wär' Euch wirklich nichts aufgefallen? Dann könnt' es mir leid thun, Euch etwa auf die Spur gebracht zu haben. Und doch — Euch müßte man eigentlich reinen

Wein eingießen. Denn so viel hatte ich gleich weg, daß Ihr nicht zu Denen gehört, die durch die Finger sehen.

Tempesta (wild auflachend).

Meint Ihr? Aber redet endlich — redet!

Moro.

Seht, ich weiß nicht recht, wie ich's anfassen soll. Ich möchte nicht, daß sich Euch die Sache ärger darstellte, als sie in der That ist. Zudem bin ich Seiner Excellenz Diener —

Tempesta.

Wohlan — ich komme Euerem Gewissen zu Hülfe. Der Graf ist in mein Weib verliebt —

Moro.

Nun ja; das heißt, wie eben solche Herren —

Tempesta (athemlos).

Und sie —

Moro.

Hat angebissen, meint Ihr? Nein — o nein! Ich müßte lügen, wenn ich das behaupten wollte. Denn ich halte sie für tugendhaft. Aber die Frauen sind nun einmal so. Das schmeichelt zuerst ihrer Eitelkeit, dann geht es nach und nach immer weiter — bis zuletzt die helle Gluth oben ausschlägt. Und mein Herr, das weiß ich aus Erfahrung, versteht sich auf solche Dinge, wie kein Zweiter.

Tempesta.

Wirklich! Wirklich!

Moro.

Ich an Euerer Stelle wüßte, was ich jetzt zu thun hätte. Ich benützte die Gelegenheit, nähme meine sieben Sachen auf und zöge mit meiner Frau fort.

Tempesta (für sich).

Mein Gott, wie trag' ich diese Schmach!

Moro.

Das wird Euch in anderer Hinsicht nicht erwünscht sein. Aber so oder so, und besser bewahrt, als beklagt. Ihr könnt mir einen Brief zurücklassen, worin Ihr anzeigt, daß Euch unvermuthete Nachrichten von hier abgerufen. (Unschlüssig, sich zu entfernen.) Hm — die Sache geht Euch zu Herzen. Mehr — oder eigentlich ganz anders, als ich gedacht. Laßt Euch nicht niederdrücken. Schlimmes ist ja bis jetzt nicht geschehen, und wer eine schöne Frau hat, sollte auf Derlei gefaßt sein. (Ab.)

Tempesta (wie aus dumpfer Betäubung erwachend).

So muß ich den Kelch bis zur Neige leeren. Meine Schande ist bereits dem Dienertroß offenkundig! Mir ist, ich träume einen wüsten Traum . . . .

Siebente Scene.

Giovanna, von rechts.

Tempesta (sich abwendend).

Wie ruhig sie mir naht — als trübte nicht ein Schatten ihre Seele.

Giovanna.

Du wendest Dich ab. Mein Anblick ist Dir also schon verhaßt. Sprich: was soll aus uns werden?

Tempesta.
Frage mich nicht. Es ist Nacht um mich her, in die kein Strahl der Zukunft fällt. Ich weiß nur, was geschehen.

Giovanna.
Ich büße, was geschehen ist.

Tempesta.
Du sprichst das in einem Ton, der Deine Worte Lügen straft. Eigentlich willst Du sagen: ich büße unverschuldet. (Faßt sie beim Arm.) Weißt Du, daß eben jetzt des Grafen alter Diener von hier wegging, der mir mit schadenfroher Absichtlichkeit meinen Argwohn vorerzählte, als hätte er ihn mir aus der Brust gestohlen.

Giovanna.
Du siehst, daß er Dir nichts Anderes erzählen konnte, als Deinen Argwohn.

Tempesta (ihren Arm von sich schleudernd).
Weib, Du bist entsetzlich! Dieser ruhige Blick — dieses Antlitz, das nicht erbleicht und nicht erröthet, erfüllt mich mit Grauen.

Giovanna.
Wenn sich mein Auge nicht zu Boden senkt und mein Antlitz unerschütterlich bleibt, so preis' ich den Himmel, daß er mein Haupt aus dem qualvollen Dunkel emporhob, das Dich noch ängstigt. Nur so lenk' ich Dich zum Licht empor.

Tempesta (mit finsterem Staunen).
Mit welcher Zuversicht —

Giovanna.

Mit fester, mit froher Zuversicht. Denn ich bin nun mit mir selber einig.

Tempesta.

Treibst Du ein Gaukelspiel?

Giovanna.

Höre mich an. Im Sturm Deines Zornes, unter der Wucht Deiner Vorwürfe und Anklagen schwand mir die Besinnung. Als ich aber mit mir allein war, gewann ich Kraft, nachzudenken. Ich habe mein Innerstes durchforscht — und habe gefunden, daß ich nicht frei von jedem Vorwurf war.

Tempesta.

Du gestehst also — Du gestehst —

Giovanna.

Ich gestehe, daß mich gestern im Park aus den Worten des Grafen Etwas anwehte, das ich nicht zu verstehen glaubte — und doch verstand; — daß ich vielleicht mehr für ihn empfunden habe, als ich hätte empfinden sollen. Und das ist meine Schuld. Wie weit die seine reicht, will ich nicht untersuchen.

Tempesta.

Und Du sagst mir das Alles — ohne Scheu, ohne Rückhalt — als verstänt' es sich von selbst —

Giovanna.

Warum nicht? Nachdem ich Alles klar erkannt habe, ist es auch, als wär' es nie gewesen. Wir werden es vergessen — Beide vergessen, sobald wir von hier fort sind.

Tempesta.

Vergessen? Ich? Niemals! Niemals! — Ich warte die Rückkehr des Grafen ab.

Giovanna.

Die Rückkehr?

Tempesta.

Er ist plötzlich abgereist und hat mir geschrieben, daß uns Gefahr droht — daß wir unsere Zimmer bis zu seiner Ankunft nicht verlassen sollen. Wer weiß, was er im Schilde führt.

Giovanna.

Nichts, was wir zu fürchten hätten. Wie es ihm auch um's Herz sei: einer uneblen Handlung ist er nicht fähig. Wenn er etwas unternimmt, so geschieht es, um uns zu retten.

Tempesta.

Du freilich darfst nur das Beste von ihm glauben! Und wenn es so wäre — ich will ihm nichts mehr zu verdanken haben.

Giovanna.

Auch ich nicht. Darum laß uns fortziehen, eh' er zurückkommt. Uns nicht mehr hier zu finden, wird ihn wie ein schweigender Vorwurf treffen — tiefer treffen, als der maaßlose Ausbruch Deines Wesens. Und somit hat Jeder von uns gesühnt, was er zu sühnen hatte.

Tempesta.

Meinst Du? Die Vergangenheit läßt sich nicht so leicht abschütteln! Was Du jetzt, erschreckend von den Folgen, zu fliehen wähnst, das schmeichelt sich Dir mit der Erinnerung wieder in das Herz.

Giovanna.

O ich will mit hellem Blick darüber wachen und Alles abweisen, was sich mir noch verwirrend nahen könnte! Ich brach ja nur als schwaches Weib zusammen, um Dir als starkes wieder zu nahen.

Tempesta.

Seit wann erzeugt die Schwäche Kraft? Jedes Deiner Worte zeigt mir, wie sehr Du noch von ihm erfüllt bist. Und mit diesem Bewußtsein sollte ich von hier fort? Mit diesem Bewußtsein sollte ich weiter leben!?

Giovanna.

Liebst Du mich denn nicht mehr?

Tempesta.

Eben weil ich Dich liebe, kann ich es nicht.

Giovanna.

O dann müßt' ich vor mir selber schaudern, wenn ich Dich nicht vergessen machen — Dich nicht mehr beglücken könnte! Müßte vor Dir schaudern, wenn Du mich von Dir zu stoßen vermöchtest, eines Schattens wegen — um ein Nichts!

Tempesta.

Um ein Nichts — ?

Giovanna.

Ja, um ein Nichts! (Sich ihm nähernd.) Ich will nicht eher ruhen, als bis die letzte Falte auf Deiner Stirn ge= glättet ist, bis Dein Auge sich wieder versöhnt zu meinem neigt — und Dein Arm fest und innig wie einst mich um=

schlingt .... Sieh, Du blickst schon jetzt milder ....
(Ganz nahe an ihm.) Laß mich rasch — auf immer Deine
Züge lichten!

Tempesta.

Ahnst Du, daß ich Dir nicht zu widerstehen vermag?
Weißt Du, daß der Hauch Deiner Lippen mich anweht,
wie der süß lähmende Duft des Frühlings? — Reiß' mir
den Zwiespalt aus der Seele, vor dem ich selber bebe: ich
liebe — und hasse Dich zugleich!

Giovanna.

Ich will ihn lösen! Angstvoll, zitternd und verzwei=
felnd bin ich an Deiner Seite hieher gekommen. Nun
uns die Sicherheit zu Gift geworden — nun begrüß' ich
jubelnd die Gefahr, um sie wieder mit Dir zu theilen!
Aber eines forb're ich von Dir: Vertrauen. Vertraue
mir, Pietro: Du darfst es!

(Während sie ihn umschlingt und er eine halb abwehrende Bewegung macht,
fällt der Vorhang.)

Ende des vierten Actes.

Fünfter Act.

Ein Theil des Parkes in der Nähe der Casa, welche mit ihrer Bedachung im Hintergrund links zum Vorschein kommt. Es ist Abend.

Erste Scene.

Giovanna sitzt im Vordergrund links auf einer Bank. Sie ist wie im ersten Act gekleidet und hat das Haupt auf die Hand gestützt. Moro tritt rasch von rechts auf.

Moro.
Euer Gatte noch nicht hier?

Giovanna.
Ihr seht es; aber er muß jeden Augenblick kommen.

Moro.
Jeden Augenblick! Und inzwischen geht die Sonne vollends zur Rüste. Wollt Ihr denn erst um Mitternacht in Locarno anlangen?

Giovanna (in Gedanken).
Ist es denn so spät?

Moro.

Abend ist's. Ihr hättet schon heute Morgen reisen können, wär' es diesem Meister Starrkopf nicht darum zu thun gewesen, noch früher den verwetterten Schiffbruch an der Staffelei fertig zu malen. Als ob mein Herr darauf anstünde!

Giovanna.

Das versteht Ihr nicht.

Moro.

Freilich nicht; ebensowenig wie die Hartnäckigkeit, mit der er das Gold zurückweist. Ihr wart ja dabei, wie er heute die Cassette zu Boden warf, daß die funkelnden Dublonen in alle Ecken rollten. Und den Brief an den Grafen wollt' er mir auch nicht schreiben. Er hat doch den Teufel im Leib, und Ihr könnt froh sein, daß noch Alles so ausgeht.

Giovanna (sich erhebend).

Ich bitt' Euch —

Moro.

Nun, nun, ich wollt' Euch nicht weh thun. Ihr könnt ja nicht dafür; daß Euere Schönheit —

Giovanna.

Kein Wort mehr —

Moro.

Gut, schon gut; ich sage ja nichts. (Stoßweises Rauschen in den Bäumen.) Horcht, wie es durch die Wipfel geht! Es scheint ein Wetter im Anzug. Wenn Ihr die beiden Fischer noch lange warten laßt, so fahren sie Euch mit Euerem Felleisen davon; der alte Beppo hat ohnehin seine beständigen Mucken. (Stärkeres Rauschen.) Daß Dich! Ich muß doch in's Haus schauen, wo er so lange bleibt. (Will ab; besinnt sich.) Eines noch, Signora, wollt' ich sagen. Die Goldstücke liegen noch immer droben auf den Fliesen. Nehmt Ihr sie mit, wenn e r schon durchaus nicht will. Ich biege gern Euch zu Liebe meinen steifen Rücken krumm —

Giovanna.

Ich dank' Euch — laßt sie nur.

Moro (für sich).

Begreif's, daß d i e nicht daran will. Aber sie sind arm wie Kirchenmäuse und scheinen eigentlich gar nicht zu wissen, wohin sie sich .... Sie sollen mir das Gold mitnehmen, und wenn ich es ihnen in's Boot nachwerfen müßte. (Ab gegen die Casa.)

Giovanna (unruhig auf und nieder).

Die letzte Stunde, die ich hier verbringe, wird mir zur martervollen Ewigkeit. Du hattest Recht, Pietro: ich bin nur ein schwaches Weib. Jetzt erst fühl' ich, was Du gelitten, da mir die erniedrigende Geschwätzigkeit des Alten das eigene Herz zerriß. Mein Gott, wie kommt es, daß sich überall Schmach und Entsetzen vor meinen ahnungslosen Blicken aufthut! (Es wird dunkler.) Und auch hier! Auch hier! O wie habt ihr euch verändert, ihr sonnigen Tage kurzen Glücks! Unheimliches Dunkel faßt mich an; die Wipfel, die mich so traulich umflüstert, neigen sich drohend gegen mich — und weisen mich fort. (Ferner Donner.) Der Himmel grollt — mich schaudert.

Zweite Scene.

Der **Graf** im Reisemantel kommt, ohne **Giovanna** zu sehen, von links und will sich rasch nach der Casa begeben. **Giovanna** erblickt ihn und stößt einen leisen Schrei aus. Dadurch aufmerksam gemacht, gewahrt er sie und kommt überrascht nach vorn.

Graf.

Sie hier? Und allein? In so später Stunde — trotz meiner Warnung?

Giovanna (nach Athem ringend).

Herr Graf —

Graf.

Nun, ich bin jetzt wieder zurück, und somit —

Giovanna (abwehrend).

Herr Graf — ich bitte Sie —

Graf.

O ich verstehe. Sie fürchten ein Zusammensein mit mir. Ihre Miene drängt mich fort — und doch nahe ich Ihnen jetzt nur als reuiger Schuldner —

Giovanna.

Wenn Sie sich einer Schuld bewußt sind, so sühnen Sie dieselbe, indem Sie darüber schweigen — schweigen für immer. Dann ist sie auch vergeben — und vergessen.

Graf.

Das wird sie erst sein, wenn ich Sie gerettet und für alle Zukunft geborgen weiß.

Giovanna.

Wenn Ihnen meine Zukunft am Herzen liegt, so verlassen Sie mich jetzt. Ich harre meines Gatten — wenn er uns hier trifft . . . .

Graf.

O ich werde ihm getrost und ruhig entgegen treten. Hören Sie mich an —

Giovanna.

Herr Graf, ich kann — ich will nicht hören. Ich flehe Sie an: entfernen Sie sich.

Graf (etwas verletzt).

Nun denn, auf morgen — im Beisein Ihres Gatten. Leben Sie wohl. (Wendet sich zum Gehen.)

Giovanna
(ihrer Gefühle nicht mächtig, mit schmerzlicher Innigkeit).

Leben Sie wohl!

Graf (von diesem Ton im Tiefsten getroffen).

Giovanna!

Giovanna.

Mein Gott, schon hör' ich seine Schritte — (Graf eilt rasch nach dem Hintergrund, wo er zwischen den Bäumen verschwindet.)

Dritte Scene.

Tempesta kommt eilends von links.

Tempesta (umherblickend).

Allein? Du sprachst doch eben erst mit Jemand! Wo ist Moro? Was zitterst Du? — Er muß ja noch in der Nähe sein — (Gegen den Hintergrund zu.) He da, Moro! Ist er denn taub — ich höre ja noch Tritte im Sand kniſtern. (Ganz im Hintergrund.) Ha! wer geht dort? Trügt mich die Dämmerung? Das iſt der Graf! (Nach vorn eilend.) War er bei Dir? War er? Geſteh's!

Giovanna (ſich gewaltſam faſſend).

Er war.

Tempeſta.

So treibt die Hölle ihr Spiel mit mir! Wie kommt es, daß er ſo plötzlich hier erſchienen iſt — während man ihn auf der Reiſe glaubt?

Giovanna.

Ich weiß es nicht. Auch mir ſchwand faſt die Beſinnung bei ſeinem Anblick.

Tempeſta.

Schwand Dir die Beſinnung, Du arme Taube? Der Habicht ſtürzt ganz unvermuthet aus den Wolken nieder — nicht wahr: ganz unvermuthet?

Giovanna.

Laß nicht auf's neue durch dieſen Zufall Dich beirren. Erkennen wir vielmehr darin die Mahnung, keinen Augenblick zu ſäumen.

Tempeſta.

Zufall! Zufall! Wie leicht Dir das Wort aus dem Munde ſchlüpft! Doch um ſo ſchwerer fällt es mir in die Seele. O nun ſteh' ich wieder in dem früheren Dunkel und meine Phantaſie gebiert Entſetzen. Aber es ſoll Licht werden! (Will ab.)

Giovanna.

Wohin?

Tempesta.

Wohin? Zum Borromäer. Er soll vor meinem Blick erstarren!

Giovanna (wirft sich ihm entgegen).

Höre mich, eh' Du unser Glück vollends zertrümmerst!

Tempesta.

Bangt Dir um sein Leben?

Giovanna.

Es wäre entsetzlich, wenn sich Deine Hand **noch einmal** mit Blut röthete!

Tempesta.

Du willst mich mit Gespenstern schrecken?

Giovanna.

O hätt' ich ein Wort — nur ein einziges, in das ich meine Seele überzeugend drängen könnte! So vermag ich bloß zu stammeln. (Kniet vor ihm.) Ich schwöre Dir, es war eine unselige Fügung, ein dämonisches Spiel des Zufalls — wie Du auch höhnen magst. Laß uns fort! Laß uns fort — von dem **einen** Gedanken beseelt: daß uns der morgige Tag in der Schweiz finde! (Es wird Nacht. Herannahendes Gewitter.)

Tempesta.

Hörst Du die Donner rollen? Der Himmel vernimmt Dich, Weib — und hat einen Blitz für Dein Haupt, wenn Du lügst! (Beide ab nach rechts. Die Bühne bleibt einen Augenblick leer.)

Vierte Scene.

Moro kommt in verstörter Hast von links.

Moro.
Signora! Signor Tempesta! Niemand mehr hier. Sie sind fort — und eben jetzt bricht das Gewitter los. Wie es stürmt! Wenn sie nur einstweilen die Fischerinsel erreichen. Der Satan, verzeih mir's Gott, hat auch gerade in diesem Augenblick meinen Herrn zurück gebracht! Wenn er eine Ahnung hätte.... Ich weiß mir nicht zu rathen, noch zu helfen! (Ab gegen die Casa.)

Verwandlung.

Das Cabinet des Grafen.

Fünfte Scene.

Der Graf tritt mit einem Diener auf, welcher voranleuchtet und dann geht.

Graf.
Wie freu' ich mich auf morgen, wo ich zu den Beiden ruhig werde sagen können: es ist mir gelungen; der Weg zu Euerer Rettung ist gefunden. Unter sicherer Obhut begebt Ihr Euch sogleich nach Genua, und von dort trägt Euch ein schnelles Schiff an die Küste Albions. — Ja, das Verhängniß, das über uns Alle hereinzubrechen drohte,

ist abgewendet, glücklich abgewendet! (Auf und ab in Gedanken.) Und doch — wird, was hier vorgegangen, nicht noch in der Ferne nachwirken? Nicht seine Schatten in die Zukunft werfen? Die Brust des Malers birgt Keime des Entsetzlichsten — und Eifersucht zehrt an der Rückerinnerung, wie die Liebe. (Pause.) Wie sie mich angstvoll von sich drängte! O es war nicht bloß Furcht vor ihrem Gatten — sie zitterte vor ihren eigenen Empfindungen. Nun erkenn' ich es ganz: sie hätte mich lieben — hätte mich unsäglich beglücken können! Grausames Geschick! Du kettest uns an Verhaßtes — und lässest uns von dem Heißersehnten im Vorüberflug streifen. — Doch fort, fort mit diesen berückenden, unfruchtbaren — verderblichen Gedanken! Ich muß vielmehr trachten, mich mit Tempesta auseinander zu setzen. Eine offene, unumwundene Unterredung zwischen Männern hilft über manche Klippe hinweg. Wenigstens soll kein unedler Zweifel in seiner Seele zurückbleiben. Das bin ich mir selber schuldig. Ich will ihn noch heute — will ihn sogleich sprechen. (Läutet. Zum eintretenden Diener.) Wo ist Moro? Schick' ihn hieher. (Diener ab.) Es rüttelt an den Fenstern — das ist Sturm. (Tritt an das Fenster.) Die Natur in vollem Aufruhr — und ich habe gar nichts davon bemerkt. Furchtbar prächtiges Schauspiel, zu sehen, wie Blitz auf Blitz über den See hinzuckt und die empörten Wogen fast taghell beleuchtet.

Sechste Scene.

Moro tritt ein.

Graf (im Hinausblicken).

Trügt mich mein Auge? — Tritt näher! Siehst Du dort — gerade jetzt, als wäre der Himmel auf Deinen Blick erbos't, hält er seine Flammen in der Nacht zurück — Ah jetzt! Siehst Du dort ein Boot mit den Wellen kämpfen?

Moro (zusammenschreckend).

Bei meiner armen Seele!

Graf.

Es scheint aus Pallanza gekommen zu sein —

Moro (ganz abwesend).

Aus Pallanza —

Graf.

Ich konnte zwei emsig rudernde Gestalten darin gewahren.

Moro.

Zwei Gestalten?

Graf.

Nun ja. Aber Du zitterst förmlich. Die Gefahr ist nicht so groß. Siehst Du — sie sind schon in der Nähe der Fischerinsel, und ich zweifle gar nicht, daß es ihnen gelingt, das Ufer zu erreichen. Du aber geh' jetzt zu Signor Tempesta und bitt' ihn in meinem Namen, sich hieher zu bemühen, da ich ihm Dinge von höchster Wichtigkeit mitzutheilen habe.

Moro.

Ich soll — Ihr wollt — er ist —

Graf.

Du kannst ja gar nicht zu Dir selber kommen. Seit wann hast Du so schwache Nerven? Geh' jetzt und hole den Maler.

Moro (sich gewaltsam fassend, für sich).

Nun bleibt nichts Anderes übrig, als gestehen; also heraus damit! (Laut.) Herr, der Maler und sein Weib sind fort.

Graf.

Fort?

Moro.

Ja, heute Abend fort.

Graf.

Heute Abend? Ich sprach doch noch vorhin mit der Signora.

Moro.

Vorhin; aber jetzt sitzen sie in jenem Boot.

Graf.

Du sprichst im Wahnsinn! Ich sah ja deutlich, daß sich nur zwei Menschen in dem Boote befanden. Sie werden doch nicht selbst rudern? Wer hat sie von hier weggebracht?

Moro.

Der alte Beppo von der Fischerinsel und sein Schwiegersohn Matteo; sie wollten, glaub' ich, dem schweizerischen Ufer zu.

Graf.

Also wirklich! Wirklich! Und was bewog sie zu diesem Entschluß?

Moro.

Was weiß ich? Vielleicht hatten Sie Nachrichten erhalten — vielleicht war schon des Malers Eifersucht rege —

Graf.

Ah — ist Dir die bekannt? Nun ist mir Alles klar: Du hast ein böses Spiel gespielt! (faßt ihn an.) Hast Du? Hast Du? — Ich weiß genug. Aber sie können noch nicht fort sein, können bei diesem Sturm die Insel nicht verlassen haben. Und wenn auch — so müßten sie noch auf dem See in Sicht sein. (Stößt das Fenster auf und beugt sich hinaus.) Nacht — weithin Nacht, und nichts zu erblicken .... Ah! Dank Dir, gütiger Himmel für diesen Blitz! Ich sah ein zweites Boot. Es schien ganz rüstig der Fischerinsel zuzusteuern. Das sind sie! (Eilt vom Fenster weg; plötzlich stehen bleibend.) Da durchzuckt mich ein Gedanke. Wenn die beiden Männer in dem anderen Boot die erwarteten Häscher wären .... wenn ihnen die Flüchtlinge gerade jetzt in die Arme liefen .... Es wäre entsetzlich! (Zu Moro.) Auf! Allsogleich die große Barke bemannt! Was hier Arme hat, soll rudern — auch Du — auch ich! Auf, sag' ich, fort! (Treibt ihn vor sich hinaus.)

.

Verwandlung.

Das Innere einer Fischerhütte, spärlich von einem Oellämpchen beleuchtet, das im Hintergrund vor einem Madonnenbilde brennt. In der rechten Wand eine Thür; weiter vorn ein offener Herd.

Siebente Scene.

Der alte Beppo, Tempesta und Giovanna treten durch die Mitte ein.

Beppo.

Kommt nur herein und seid froh, daß Ihr einstweilen wieder Boden unter den Füßen habt. Wir hätten Gott versucht, wären wir gegen Locarno zugefahren. Der Schlingel Matteo hätt' sich freilich bereit finden lassen. Aber ich hab' ihm meine Marietta nicht gegeben, damit sie noch vor dem ersten Kind Witwe wird.

Tempesta.

Laßt das viele Schwatzen.

Beppo.

Ihr seid barsch. Euch könnte man schon ein letztes Bad gönnen. Aber die arme junge Frau dauert mich. Seht nur, wie sie zittert. (Zu Giovanna.) Seid Ihr vielleicht doch recht naß geworden?

Giovanna.

Nicht der Rede werth. Die Matte, in die Ihr mich eingehüllt, hat mich trefflich geschützt.

Beppo.

Nun seht Ihr! Aber folgt mir jetzt da in die Kammer hinein. Meine Tochter hat sie noch vor ein paar Wochen bewohnt. Ihr findet ein gutes Lager und könnt ruhen, bis sich der Sturm gelegt hat.

Giovanna
(zu Tempesta, der in sich selbst versunken dasteht).

Hörst Du, Pietro? Laß uns den Antrag des freundlichen Alten nützen. Erheitere Dein Antlitz. Die Befreiung ist uns ja nahe —

Tempesta (ohne aufzublicken).

Geh nur, geh — ich folge Dir.

Beppo
(der inzwischen eine Ampel angezündet hat).

So laßt ihn doch; er mag hier stehen und mit den Zähnen klappern, so lang er will. (Leuchtet Giovanna voraus, die mit ihm in die Kammer geht.)

Tempesta.

Ein dumpfes Vorgefühl erfaßt mich, daß Etwas kommen soll und mich zu Boden schmettern. Ermanne Dich! ruf' ich mir selber zu. Schüttle sie ab, diese lähmende Bürde! Doch immer schwerer lastet sie auf mir — und willenlos schlepp' ich sie der Erfüllung entgegen. (Ab in die Kammer.)

Beppo (der inzwischen wieder aufgetreten ist).

Der murrt und murmelt in einem fort. Mit dem ist's nicht geheuer. — Aber ich will nun auch ein Stündlein schlafen. (Schüttelt sich.) Mich friert. Bin ganz durchnäßt. Sollte eigentlich Feuer machen und meine Kleider — Ach was! Die Jacke weg; das And're trocknet am Leibe.

(Läßt sich links am Boden auf eine Strohmatte nieder und wickelt sich in eine Decke.) So. (Gähnend.) Ein seltsames Paar. Sie müssen beim Grafen zu Gast gewesen sein. Möchte doch wissen, wer sie eigentlich sind — aber was kümmert's mich — (Schläft ein.)

Achte Scene.
Die beiden Häscher treten durch die Mitte auf.

Erster Häscher (noch in der Thür).
Es ist immer gut, wenn man eine Thür gleich offen findet. Komm nur!

Zweiter Häscher (vorsichtig folgend).
Gieb Acht, daß wir in keinen Keller fallen.

Erster Häscher.
Keller! Sind doch Deine Gedanken nie weit vom Wein entfernt.

Zweiter Häscher.
Nun, Wasser hätt' ich genug im Leibe. — Teufel, da riecht's nach Thran!

Erster Häscher
(während sie langsam antastend vorwärtskommen).
Soll's hier etwa nach Vanille duften? Hör' auf zu schnuppern und sei zufrieden, daß Du überhaupt noch Etwas in die Nase bekommst. Aber ist denn kein Mensch in dem Nest —

Zweiter Häscher.
Ich höre schnarchen — dort — (Sie stoßen auf den Fischer.)

Beppo (aufschreckend, schlaftrunken).

Wer ist — was giebt's?

Erster Häscher.

Ich bitt' Euch, guter Mann, seid Ihr der alte Beppo?

Beppo (aufsitzend).

Ja, der bin ich. Aber wer seid Ihr?

Erster Häscher.

Werkleute aus Carrara, die beim Bau des Grafen Beschäftigung suchen. Wir haben uns in Pallanza einen Kahn geliehen, den wir Euch zustellen sollten. Aber wir wurden auf dem See vom Gewitter überfallen, und als wir schon dem Ufer ziemlich nahe waren, kippte die Nuß=schale um.

Beppo (aufstehend).

Eine wahre Unglücksnacht! Euch scheint sie übel zu=gerichtet zu haben.

Zweiter Häscher.

Das will ich meinen. Wir haben uns mit knapper Noth an's Land gerettet.

Erster Häscher.

Ihr könnt uns doch ein Obdach gewähren?

Zweiter Häscher.

Und Feuer machen. Unsere Kleider haben den ganzen See eingesogen.

Beppo.

Reisig ist genug da. Aber was das Obdach betrifft, so müßt Ihr Euch eben hier auf den Boden nieder=strecken. Kammer und Bett sind schon von Anderen ein=genommen.

Erster Häscher.

Von Anderen?

Beppo (an den Herd gehend).

Ja, von Mann und Frau. Sie kommen von der Jsola madre und wollen nach der Schweiz.

Erster Häscher
(den zweiten anstoßend, mit gedämpfter Stimme).

Merkst Du was?

Zweiter Häscher (umherblickend).

Wo?

Erster Häscher.

Wo! An Dir hat das Tribunal den Rechten. (Zu Beppo.) Also ein Ehepaar, sagt ihr, das von der Jsola madre kommt —

Beppo (am Herd beschäftigt).

Ja. Der Mann trug mir und meinem Schwiegersohn einen kostbaren Ring an, wenn wir sie nach Locarno rudern wollten. Aber ich that's nicht.

Erster Häscher (zum Zweiten).

Sie sind es!

Zweiter Häscher.

Wer? (Als ob er sich entsinne.) Ja, ja, sie sind es!

Erster Häscher.

Wer?

Zweiter Häscher (glotzend).

Wer? Du sagtest ja —

Erster Häscher.

Daß Du ein Esel bist. Aber jetzt höre mich an. Die Leute in der Kammer sind der Maler Tempesta und sein Weib.

Zweiter Häscher.

Das hab' ich mir gleich gedacht!

Erster Häscher.

Haft Du? Und wir kommen gerade noch zu guter Stunde. Denn hätt' ich Deiner Angst vor dem Gewitter nachgegeben und diese Nacht gezögert, so wären sie uns entwischt.

Zweiter Häscher.

Ah pah! Wir hätten sie schon wieder eingeholt.

Erster Häscher.

Du ganz gewiß.

Beppo

(der inzwischen Feuer angemacht, das die rechte Seite der Bühne erhellt, während die linke, wo die Häscher stehen, und der Hintergrund ziemlich dunkel bleiben).

Was habt Ihr denn mit einander?

Erster Häscher.

Nichts! Nichts! (Zum Zweiten.) Jetzt braucht es die äußerste Vorsicht und Entschlossenheit. Er wird sich verzweifelt zur Wehre setzen. Unsere Pistolen haben Wasser gefangen und das Pulver ist hin. Bleiben uns nur unsere Dolche. Wir müssen den Fischer in's Vertrauen ziehen und uns seiner bedienen. — (Geheimnißvoll.) He da! Kommt ein wenig zu uns herüber.

Beppo (sich nähernd).

Was wollt Ihr?

Erster Häscher.

Wir haben Euch früher gesagt, daß wir Werkleute aus Carrara seien. Dem ist nicht so. Wir sind Diener der heiligen römischen Inquisition.

Beppo (die Mütze ziehend).

Du meine Güte!

Erster Häscher.

Still! Wir sind ausgesandt, eines flüchtigen Verbrechers — eines Ketzers habhaft zu werden.

Beppo (die Hände faltend).

Eines Ketzers!

Erster Häscher.

Und haben allen Grund, anzunehmen, daß dieser Ketzer jener Mann in Euerer Kammer ist.

Beppo.

Der! Er kam mir gleich verdächtig vor. Heilige Madonna! Und ich hab' ihn in's Haus gelassen!

Erster Häscher.

Tröstet Euch; auf diese Art ist er seinem Schicksal verfallen. Ihr wart das Werkzeug und müßt auch fernerhin zu Allem bereit sein, was wir von Euch fordern. Für's erste: wo ist Euer Schwiegersohn?

Beppo.

Nicht weit von hier; gleich die vierte Hütte —

Erster Häscher.

Also begebt Euch zu ihm, weckt ihn und noch einige Nachbarn, daß sie hierherum Alles umstellen. Der, auf den wir fahnden, darf diesen Ort nicht lebend verlassen. — Doch horch — mich dünkt, man kommt aus der Kammer. Zurück! (Reißt den zweiten Häscher mit sich fort in den Hintergrund, wo sie sich verbergen.)

Tempesta
(kommt, den abgeschnallten Degen unter dem Arm, aus der Kammerthür).

Niemand bei Euch? Ich hörte Stimmen —

Beppo.

Ach ja! Zwei Nachbarn, die noch bei mir vorsprachen. Sie sind eben wieder fort.

Tempesta.

Wie ist es? Der Sturm scheint sich gelegt zu haben. Wir könnten nun gleich weiterfahren.

Beppo.

Will 'mal draußen nachsehen. (Rasch ab durch die Mitte.)

Tempesta (forschend hin und her).

Seltsam, mir war es doch —

Erster Häscher (aus dem Versteck blickend).

Er ist es. (Mit dem Andern hervor und Tempesta entgegentretend.) Ergebt Euch, Pietro Tempesta!

Tempesta.

Ha! (Zieht den Degen.)

Erster Häscher.

Weg den Degen! Uns Beide könnt Ihr verwunden, oder auch tödten — aber nicht Alle, die da draußen stehen und das Haus umzingeln. Noch einmal: ergebt Euch, denn Ihr seid in unserer Gewalt!

Giovanna (eilt aus der Kammer).

Was geht hier vor? Allmächtiger Himmel!

Beppo
(fast gleichzeitig wieder durch die Mitte herein).

Die gräfliche Barke ist am Ufer gelandet. Diener mit Fackeln bewegen sich hieher. Der Graf selbst —

Tempesta.

Wie? Was? Der Graf! Das also war's! O jetzt fällt es mir wie Schuppen von den Augen! Er hat mich verrathen — hat mich ausgeliefert! Man schleppt mich fort nach Rom (zu Giovanna) und Du — Du, in seinen gnädigsten Schutz genommen, bleibst bei ihm zurück! Aber er soll um seinen Lohn betrogen sein! (Er führt, seiner selbst nicht mächtig, einen raschen Degenstoß nach Giovanna, die mit einem schmerzlichen Aufschrei wankt und sinkt. Beppo fängt sie mit den Armen auf und läßt sie dann sachte zu Boden gleiten. Tempesta steht wie erstarrt; der Degen entfällt seiner Hand.)

Neunte Scene.

Der Graf. Moro. Dienerschaft mit Windlichtern.

Graf (rasch eintretend).

Hier sind sie! — Was hat sich ereignet? Was muß ich sehen —

Moro (für sich).

Herr meines Lebens!

Graf (sich über die Leiche beugend).

Im Blute — bleich und starr — Giovanna —

Tempesta (wie erwachend).

Wer spricht da? Er? Er? (Er will sich auf den Grafen stürzen. Die Uebrigen werfen sich ihm entgegen und halten ihn zurück).

Graf.

Hast Du es gethan?

Tempesta.

Ja, ich! — Fort von ihr! Oder nein: nimm Deine Beute hin — nimm sie hin!

Graf.
Was willst Du damit sagen?
Tempesta.
Heuchle nur und stelle Dich unwissend — es ist Deiner würdig! Du ließest mich gefangen nehmen, um s i e zu besitzen.
Graf (schmerzvoll gegen Himmel blickend).
Gott! Gott! (Zu Tempesta.) Verblendeter! Gerade das Gegentheil Deines unseligen Argwohns sollte geschehen. Ich wollte Euch retten — ein Weg zur Flucht war bereits ausgemittelt —
Tempesta.
Sprich nicht! Ich höre Dich nicht!
Graf.
Du mußt mich hören — auf daß du bereust!
Tempesta.
Bereuen? Wer gelitten, was i ch litt, bereut nicht: denn er hat jede Schuld in vorhinein bezahlt! (Zu den Häschern.) Nun führt mich nach Rom! Laßt mich in den lichtlosesten Kerkern der Inquisition verfaulen — laßt ihre Scheiterhaufen unter mir auflodern: ich lache aller Qualen: denn das Spiel ist aus! (Zum Grafen.) Das Blut aber dieser Todten komme über Dich!
Graf.
Tempesta!
Tempesta.
Sie hat Dich geliebt — widersprich, wenn Du kannst! Und so hab' ich sie mit Recht getödtet, ob ich mich auch im

letzten Augenblicke geirrt. Es war mein Schicksal — das ihre — und das Deine! (Wendet sich ab.)

Graf (erschüttert).

Vielleicht. (Gegen die Leiche.) Wohl Denen, die nicht mehr sind. Ich habe noch zu leben.

(Der Vorhang fällt.)

E n d e.